ZhiNengMaMa

智能妈妈

盛飞鹤
著

陕西新华出版传媒集团
陕 西 人 民 出 版 社

图书在版编目（CIP）数据

智能妈妈 / 盛飞鹤著．—西安：陕西人民出版社，2021.4

ISBN 978 - 7 - 224 - 14037 - 8

Ⅰ．①智… Ⅱ．①盛… Ⅲ．①中篇小说—中国—当代 Ⅳ．①I247.5

中国版本图书馆 CIP 数据核字(2021)第 046270 号

总 策 划：宋亚萍　李晓锋
策划编辑：梁彩虹
责任编辑：姜　宁　杨金娥
装帧设计：姚肖朋

智能妈妈

作　　者　盛飞鹤
出版发行　陕西新华出版传媒集团　陕西人民出版社
　　　　　　（西安北大街 147 号　邮编：710003）
印　　刷　陕西中实艺术印务有限公司
开　　本　787 毫米×1092 毫米　1/16
印　　张　8.5 印张
字　　数　126 千字
版　　次　2021 年 4 月第 1 版
印　　次　2021 年 4 月第 1 次印刷
书　　号　ISBN 978 - 7 - 224 - 14037 - 8
定　　价　35.00 元

内容简介：

2035 年，人工智能技术已高度发达。鲁剑和林芳菲夫妇给刚刚出生的女儿鲁婧瑶购买了一个机器人保姆，取名笑妈。在鲁婧瑶三岁时，妈妈林芳菲要出国留学四年，为了不让自己和女儿在这四年里情感出现空缺，林芳菲接受机器人店里的建议，定制了一个自己的仿真机器人躯壳，然后把笑妈的大脑芯片拔出来，插进这具仿真机器人躯壳里，让笑妈以自己的形象和身份在自己出国的四年里陪伴女儿……

一切都按计划进行着，鲁婧瑶始终没有发现自己的"妈妈"有什么异常，享受着"妈妈"(其实是笑妈)点点滴滴的爱。

四年后，鲁婧瑶上一年级时，林芳菲留学回家，把仿真机器人躯壳里的芯片拔出，插回了笑妈原来那笨重的躯壳里，恢复了她机器人保姆的身份，同时，也恢复了自己的妈妈身份。

这让人工智能看上去无所不能，其实问题早已埋下伏笔——这四年里，机器人保姆笑妈已把鲁婧瑶当作自己的女儿，舐犊情深，失去"女儿"，回归保姆身份后，笑妈沉默寡言，不断出现各种状况。

鲁健和林芳菲夫妇把笑妈送进了机器人诊所，医生说笑妈患上了“机器人抑郁症”……

人工智能发展到一定阶段，由此产生的伦理道德问题会跟随而来。而爱可以穿越时空，跨越物种，坚不可摧，亘古不变。

目 录

引　言

人工智能将是照亮一个新时代的火种，代表着更高层次的科技文明，是人类历史发展的必然。

人是情感动物，人工智能是人类智慧的延伸，智能拥有情感，亦是必然。

由此，爱之演绎，将有无限种可能……

第一章　万物联网

2035年，万物感知，形成一个庞大的物联网，蛛网一般。而人类，如蜘蛛般春风得意地徜徉于网络之上。

鲁剑和林芳菲夫妇，拥有一幢庭院式住宅。表面上，雕梁画栋，荷塘曲廊，古典风很浓；实际上，智能家居，安防系统，科技风十足。

比如，客厅里的隐形摄像头有表情识别功能，会根据主人的脸部表情判断其情绪。如果发现主人的情绪不好，客厅里会自动响起舒缓情绪的轻音乐。庭院共有五十四个隐形摄像头，它们都有人脸识别功能，一旦监控到有外人非正常进入，立马会通过大数据进行身份识别。如果是不法之徒，负责这片小区治安的警察手机端就会响起警报……

所有家居，从饭桌到马桶……都已智能化。饭桌可以对主人的挑食行为进行友情提示，马桶可以对主人的粪便进行检验……

鲁剑上大学时的理想是当记者，现在是《文化观察报》的记者。林芳菲上大学时的理想是当服装设计师，现在却成了一名西安市飞旧金山C989大飞机的空姐。

林芳菲怀孕第五个月时，焦虑烦躁，情绪低落，患上了妊娠抑郁症，无法再飞，便休假在家养胎。

鲁剑工作忙，照顾不到妻子，便买了一个智能孕妇椅陪伴妻子。这年代，人工智能抢走了很多人的饭碗，人人自危，鲁剑只有拼命工作，才能保住工作，支撑起这幢宅院的巨额贷款。

这种生存焦虑蔓延到了每一个人心里，甚至诱发了女人在怀孕时的抑郁症。据统计，如今的妊娠抑郁症比十年前翻了两番。

智能孕妇椅可以陪伴孕妇聊天谈心，舒缓抑郁和焦虑——智能发展所产生的问题，还需要智能去解决。这很有趣，也很讽刺。

智能孕妇椅除了陪伴功能，还有一系列的产检功能，诸如检查血压、胎位、畸形……它陪伴她一起孕育一个小生命，它也有生命——数字生命。

每个智能体都有一个智能芯片。轮椅本无生命。插上芯片后，它就变成了一个对孕妇嘘寒问暖、无微不至的心理医生和家庭医生。

每天，智能孕妇椅形影不离地陪伴着林芳菲，和她说说话，帮她解解闷，安慰她，开导她，在林芳菲怀孕第七个月到第九个月的关键时期，抑郁基本消除。智能孕妇椅的陪伴功能被大数据训练过，它知道如何逗主人开心，为主人解闷。

十月怀胎，预产期渐近时，林芳菲的抑郁症又死灰复燃，而且日趋严重。智能孕妇椅如临大敌，寸步不离它的女主人。

冬日，一个阳光明媚的清晨，婆婆李秀荷做了一份营养早餐端来，林芳菲烦躁地推到一边说："妈！我不想吃！"

"唉！"李秀荷叹口气，"你这样每天不吃饭，怎么能行？我怀鲁剑时的最后一个月，胃口比谁都好呢！医生！你给她喂吧！"

李秀荷把营养餐递给旁边的智能孕妇椅，它是一辆智能轮椅，只不过两个扶手是两只机械手，左手接过碗，右手接过筷子，缓缓向坐在客厅沙发上的林芳菲滚动过去。

"哇！好香啊！"智能孕妇椅其实并无嗅觉传感器，但它很会说话，"女主人！你尝尝，如果不好吃，我们就不吃了，怎么样？"

林芳菲没有动，她毫无胃口。

"女主人！"智能孕妇椅说，"你的容颜曾经那么美丽，现在却黯淡无光，就是因为你不好好吃饭，营养跟不上。还有，如果你不吃饭，会影响到胎儿的健康！"

神经网络、深度学习、量子计算的发展，大数据的积累，无不推动着人工智能的大爆发，使得人类用计算机模拟出了人类的思维模式，这个轮椅插有这样一个智能芯片，简直就是一位能言善辩的智者。

"嗯。"林芳菲点点头，缓慢地站起身，挪到了智能孕妇椅上。

轮椅的两只机械手一改刚才笨拙的模样，变得非常灵巧，给孕妇喂起了饭。林芳菲虽然不时地干呕和皱眉，最终也没有吃完，但是多少吃了一些，已令李秀荷非常满意。

"女主人！"智能孕妇椅把碗交给李秀荷，"我陪你出去晒晒太阳，好吗？"

它的声音柔和悦耳，有一丝阳光的味道。

"嗯。"林芳菲点点头。

轮椅从台阶旁的坡道缓缓滚下，来到了院子。

任凭冬日的暖阳拂在脸上，抹在肩上，可这并没有舒缓林芳菲的焦虑，她低头望着自己曾经纤细的手指，问："医生！你说，我的手怎么这么肿？"

"随着妊娠结束，你的浮肿也会结束，重新变回那个美丽的女人。"智能孕妇椅安慰女主人，"你千万不要太焦虑了，即将临产，你要放松！一定要放松！"

"孩子生下后，"林芳菲第一千次问，"我真的会恢复原来的模样吗？"

"真的。"智能孕妇椅说，"我向你保证。"

轮椅上飘出悦耳的轻音乐。它有双重功能，一则舒缓孕妇的抑郁，二则有音乐胎教功能。有时，轮椅会朗诵唐诗。轮椅说，胎宝宝的耳朵早已成形，可以听见它的诗歌教育。

音乐令林芳菲稍稍安静了一会儿，可是一阵胎动，又令她莫名其妙地焦虑起来，问："医生！我分娩时，孩子不会发生什么意外吧？"

"怎么会？"智能孕妇椅说，"我不是一直都给你定期检查吗？你的身体条件符合顺产标准，你的胎位很正，更没有脐带绕颈等情况。你会很顺利地生下一个健康宝宝的，不要胡思乱想了，这不利于你的分娩。"

"生孩子真的很疼吗？"林芳菲问。

“不疼。”智能孕妇椅见女主人这几天抑郁明显加重，犹豫了几秒钟，怕引起女主人更重的焦虑，选择了一个善意的谎言。

“你这智能椅子！”林芳菲脸一沉，生气了，“所有人都说生孩子很疼，你却说不疼，你这个骗子，这几个月来，到底说了多少假话？”

林芳菲突然从智能孕妇椅上站起，绕向房子后面的池塘。那儿，长廊木亭，曲径通幽。不过，正值冬日，一片萧条。

“主人等等！”智能孕妇椅双轮滚动，追了上去。

林芳菲一脸焦躁，腆着大肚子，像个大猩猩，但是走得很快，踏上了通往池心亭的长廊。

智能孕妇椅追上说：“主人！你走慢点儿，万一摔一下就不好了！”

林芳菲走慢了些，走进亭子，坐在了石凳子上。池面上结着厚厚的一层冰，把池塘铺盖得严严实实，看不见夏日里成群的红鲤嬉戏。四下一片安静，更听不见夏日里荷叶上的蛙声和岸边柳树上的蝉鸣。

“主人！”智能孕妇椅轻轻靠近林芳菲，“大冬天啊！石凳子太凉，坐我这儿吧！”

智能轮椅虽然是一把金属椅，但是坐垫很柔软，还有电加热装置，可以调节想要的温度。林芳菲没有理它，望向池塘，似乎在寻找夏日里那些成群结队的红鲤鱼。

“主人！”智能孕妇椅说，“我刚才是撒了一句谎。可都是为了你好，你生我气了吗？”

“没有。”林芳菲的语气缓和了许多，“我在生我丈夫的气，预产期还有一周了，也不回来陪陪我！”

“他工作忙。”智能孕妇椅说，“不是委托我陪伴你吗？”

“那不一样！”林芳菲说。

智能孕妇椅过去和林芳菲谈心时知道，女主人是一位多才多艺的女子，大学时学的是时装设计，很多作品获过服装设计大奖，还能歌善舞，当过班里的文艺委员。可是现在，轮椅无法把眼前这位焦虑的女人和她嘴里那个青春靓丽的女子联系在一起。

见女主人的俏脸板得像亭子里的圆石桌面，智能孕妇椅想逗她乐一乐，在大数据里搜索了几个排名在前的笑话，讲给女主人听。林芳菲非但没笑，还讥笑它："你那些笑话，一点儿意思都没有……"

她突然摸了一下肚子。

"怎么了？"智能孕妇椅问。

"有胎动。"林芳菲说。

"哈哈！"轮椅笑道，"我的笑话把胎儿惹笑了！"

扑哧一声，林芳菲终于笑了。

可是，随即一阵剧痛从腹部传来，而且一波一波，海啸般猛烈，林芳菲弯下腰，脸色苍白如纸，呻吟道："我……我肚子疼……"

"快！"轮椅焦急地说，"你快坐我这儿，我检查一下。"

林芳菲艰难地从石凳子上移到了轮椅上。

"主人！"智能孕妇椅用凝重而镇静的声音说，"我监测到了你的宫缩，你要临产了，是早产……不要惊慌，我马上通知医院妇产科。"

椅背缓缓后仰放平，让孕妇平躺在了上面。

五分钟后，一辆无人驾驶救护车呼啸着停在了林芳菲的家门口，一名女护士指挥着两个男性形象的机器人护士抬着一副担架跑进了院子。

第二章　喜得千金

一个有关“一带一路”的国际文化交流活动正在西安市举行，《文化观察报》的记者鲁剑，拿着一个蓝色话筒挤在记者群中。主席台上，哈萨克斯坦的文化部部长正慷慨激昂地诉说着中哈友谊的源远流长。

虽然是大冬天，鲁剑额头上已渗出了汗珠。报社社长给他安排了报道任务，部长的讲话一结束，他必须挤到最前面去采访。鲁剑工作压力很大，社里已购买了三个机器人记者，他不能保证第四个、第五个来时，会不会抢走他的饭碗。

部长的讲话终于结束，鲁剑刚要“冲锋”，被一个比他高出半个头的机器人记者撞向了一边，抢到了他前面。鲁剑身材魁梧，体格强健，是谁能把他撞成这样？是一辆汽车吗？

一位西装革履的机器人记者，转过硕大的脑袋，幸灾乐祸地瞥了鲁剑一眼。他拿着有“西雅图邮报”标识的话筒，金属脸上固定着傻傻的职业微笑，衣服下微微隆起块状的金属肌肉。鲁剑讨厌这种“脸庞”温文尔雅、“肌肉”异常强壮的机器人记者。每次抢采访时，他们的举止都随了“肌肉”，而没有随“脸”。

《西雅图邮报》总能抢到一手新闻，难道就是靠这些大块头机器人记者吗？鲁剑心里愤愤不平。

不过，台子上，那个大块头并没有抢到最前面，正在采访部长的是一位金发碧眼的美女记者。

她长着一张完美无缺的漂亮脸蛋，没有一粒雀斑，没有一丝瑕疵，凭经验，鲁剑看出她不是人类，也是一位机器人。和大块头记者不同的是，美女记者是一位仿真机器人而已。

机器人是超强人工智能的一个载体，有学习能力、判断能力、与人相处的能力，等等。

如今，按照“容貌”和“外形”区别，把机器人分为两类：僵壳机器人和仿真机器人。

僵壳机器人，金属塑料躯壳，“表情”固定不变，传统机器人模样——那个大块头记者，就是一个僵壳机器人；仿真机器人，新型仿生材料，“表情”惟妙惟肖，与真人无异——那位美女记者，就是一个仿真机器人。

就因为美女记者长得太完美，鲁剑一眼看出她不是人类。还有，美女记者采访的问题也较公式化，缺少个性化特征，这也是她是一个仿真机器人的印证。当然，这个角度，只有鲁剑这样的专业人士才能看出。

机器人记者由于手脚麻利，不知疲倦，早已受到世界各大媒体的青睐，但他们也有和人类无法比拟的缺点。比如，缺乏创造性。虽然每一个机器人的脑袋上都插有一个智能芯片，或者叫大脑芯片，可以让他们拥有智商，像人类一样独立思考，但他们的思维逻辑都是大数据训练出来的，创造性比起人类还是弱了一些。

鲁剑的手机突然响了起来。

他挤出人群，掏出手机，用手指在屏幕上一滑，一位穿着白大褂的护士悬浮在了他面前半米开外，说：“鲁先生！你妻子要临产了，赶快到医院来！”

这位护士是虚拟立体影像。2035 年，手机已实现了裸眼 3D 立体影像通信。

“我马上去！”鲁剑奔向停车场。

在他挂掉手机之前，身后护士的 3D 影像还在喊：“妇产科 1612 室……”

鲁剑跳上一辆白色无人驾驶越野车，说了医院名字后，导航自动输入，越野车风驰电掣般地疾驰而去。

尽管西安市早已成为一座智能城市，“城市大脑”系统会为每辆上路的无人驾驶车计算出最佳行驶路线，以免堵车，但正是下班车流高峰时间，鲁剑的无人驾驶车还是走走停停，非常缓慢。

鲁剑心急如焚，最近妻子林芳菲一直在怪他忙于工作，疏忽了她，叮咛他一定要在她生孩子时在场。

情急之下，鲁剑用车载电脑申请了一个“紧急行驶”。这个请求需要把妻子临产的证明材料上传至“城市大脑”中枢系统。

一切电子材料都有完善的储备，鲁剑只花了几秒钟就申请成功。只见前方的车纷纷让路，不让都不由车内的人，因为它们也是无人驾驶，行驶速度和路线要受中枢系统指挥。

白色越野一到十字路口，全部是绿灯。这也是系统计算好的，让他的车不会遇到红灯而耽搁了时间。

尽管鲁剑提前了至少二十分钟赶到医院，还是来晚了一步，孩子已降生。林芳菲顺利产下一女，比预产期早了十天。一名机器人护士推着虚弱的妻子去病房休息，另一名机器人护士在给啼哭的女儿称重。见母婴都安全，鲁剑长长地舒了一口气。

楼道里，拿着手机的母亲李秀荷正在和父亲鲁海说话，传报着小孙女降生的喜讯。父亲的身影有点儿飘忽，不是真人，而是裸眼3D影像。

医院服务系统完善，李秀荷只待了一天就回了家。

五天后，鲁剑接妻女回家。

当白色无人驾驶越野车开进自己家院子的时候，鲁海和李秀荷迎了上来，他们身后还滚动着智能孕妇椅。这个椅子不但有智商，还有情感，陪伴女主人几个月，已和女主人有了感情，听到女主人的声音后，也跟着滚动了出来。

鲁海和李秀荷抢着抱孙女，一家人在客厅里，像击鼓传花般地把女婴传来传去。

李秀荷端来一盆热气腾腾的山药炖鸡，还有其他一些可口的饭菜，大都适合产妇的身体恢复。

“妈！”林芳菲感激地望了一眼婆婆，“辛苦你了！”

“不是辛苦，是幸福。”李秀荷笑道，“看到儿媳和小孙女都平安，我这当妈的高兴啊！”

这个年代，除了老一辈人还会做饭，像鲁剑和林芳菲长这么大就没摸过锅瓢，几乎每家都有一个机器人保姆承担一切家务，人类只需要“饭来张口”就行了。鲁剑的小家尚无机器人保姆——他去年和林芳菲结婚时，买了一幢高档的宅院式住房，贷了很多款，暂时没有能力买机器人保姆。

所以，儿媳怀孕休假后，李秀荷搬了过来，每天亲自下厨做饭。鲁海不喜欢长期住儿子家，一个人住在自己位于六十层的经济适用房里，由他的僵壳机器人保姆二愣伺候。今天，儿子接儿媳和小孙女回家，他才赶了过来。

“爸！你给孩子把名字起好没有?”鲁剑问。

鲁海掏出一张纸，说：“起了二十多个，你挑一个吧！”

看来母亲在家炖鸡时，父亲也没有闲着。

“鲁婧瑶！”鲁剑指着其中一个说。

林芳菲和李秀荷也同意，觉得这个名字好听。

走进餐厅，林芳菲正要入座，智能孕妇椅移了过来说：“主人，坐我这儿吧！”

“不了，”林芳菲笑道，“我已不是孕妇，你也完成了你的任务……我就坐这把餐椅吧！”

智能孕妇椅缓缓转了个圈，怏怏地离去。望着轮椅慢慢离开的背影，林芳菲能感觉到它的失落，心里也有些不好受。

“我的产假也就两个月了，”饭毕，林芳菲忧心忡忡地问丈夫，“我上班后，谁带孩子啊?”

“我来带吧！”李秀荷说。

“那怎么行?”鲁剑心疼母亲，“都什么年代了，谁还让老人带孩子？买一个机器人保姆吧！”

“你们是该买一个机器人保姆了。”鲁海沉吟道，“结婚的时候，你们要买这幢有荷塘的大宅院，远远超出了我和你妈的预算，就没给你们买机器人保姆。现在，正是用保姆的时候……鲁剑，明天去买一个吧！如果钱不够，我和你妈资助一半。”

第三章　智能保姆

过了两周，鲁剑和父亲鲁海坐上无人驾驶越野车，一起去购买机器人保姆。

来到一栋高楼大厦前的入口，越野车绕着螺旋般的弯道上楼，犹如在一个倾斜的铁笼子里表演车技，一圈又一圈，驶上了高达七十层的赛格尔智能机器人商城车库。

父子两人下车后，走上了一座水泥钢筋天桥。俯视桥下，是一朵朵滚浪状的人造白云，两人一前一后，犹如踏入凌霄宝殿去见玉皇大帝的太白金星和孙猴子。

进入一个侧门，一间间闪烁着白炽灯和荧光灯的机器人店铺映入眼帘，一个个摆着不同姿势的机器人陈列于耀眼明亮的橱窗之中，有形象粗犷的僵壳机器人，也有容貌逼真的仿真机器人。

鲁剑走进了“千度”机器人专卖店，他们报社有两个机器人记者都是千度品牌，物美价廉，口碑不错，鲁剑看好这个牌子。

穿着制服的售机人员带着顾客穿梭其中，面带微笑地讲解着各种品牌机器人的功能和特点。一位穿着蓝色正装的三十来岁的女子走了过来，露着甜甜的职业微笑，热情地向鲁剑和鲁海打着招呼。

“二位先生！”女子说，“我是售机经理皇甫玲，请问你们来看什么功能的机器人?”

“我妻子刚生孩子。”鲁剑说，“我是一名记者，常常出差。我妻子是空姐，一半时间在国外。我们需要一个机器人保姆，在我妻子上班后，能独立全天候带孩子，还包括孩子的学前教育……”

“明白了。”皇甫玲点点头说，“我们有一款今年夏天刚刚上市的仿真机器人保姆，洗衣做饭，样样拿手，还有幼教文化……”

“不不不!”鲁剑打断了她的话，略显窘迫，“我们来看僵壳机器人保姆的……我正在还房贷，手头有些紧……”

仿真机器人平均价格是僵壳机器人平均价格的五六倍，虽然拥有人类容颜的机器人更容易被孩子接受，但鲁剑在路上和父亲商量好了，房贷没有还清前，先买一个僵壳机器人保姆用着。

“不要紧，僵壳机器人保姆也有同样专业功能的……”皇甫玲非常善于化解尴尬，“其实，我也不建议年轻人购买昂贵的仿真机器人保姆。”

皇甫玲带两人来到一款僵壳机器人保姆面前。

其型号为“千度 BM7”，穿着一身月白色家政服，脸和脖颈等裸露部位散发着金属光泽，脸部形象是一张微笑的女人脸，慈眉善目，黑发齐耳，躯壳魁梧，给鲁剑一种可以把宝贝女儿托付给她的稳重感和安全感。

付过钱后，皇甫玲从一个刚刚启封的小盒子里拿出一枚小小的芯片，踮起脚尖，右手伸进千度 BM7 的一头黑发里，摸到了头旋处一个小孔，把芯片插了进去。这个芯片叫大脑芯片，装有神经网络算法，模拟人类的思维方式，是智能机器人的大脑。她又打开千度 BM7 腹部的仓门，把机器人专用电池装了进去。

机器人保姆眨了眨玻璃眼珠子，“活”了过来。

鲁海、鲁剑父子回家的时候，后排车座上多了一个机器人。

车进了院门，李秀荷从客厅台阶上走下，乐呵呵地迎了上来。一周前，家里添了个小人。今天，又添了个机器人，可谓双喜临门。

后排车门开了，走下一个魁梧的僵壳机器人，一脸固定的微笑，步伐虽然略显僵硬，动作却很快，一步跨到车身右侧，拉开车门，把一只金属大手挡在车门框上方，护着鲁海慢慢移下车。

千度 BM7 浑身上下密布着各种功能的传感器，和人类一样，有视觉、听觉、嗅觉、味觉、触觉，能够敏锐地感知这个世界。尤其她的智能芯片是用计算机模拟人类的思维，有和人类一样的价值观，随时可以根据现实情境，对人和事做出适当合理的反应。

“妈！”鲁剑下了车，向李秀荷介绍道，“这是我和爸刚刚买回来的机器人保姆，千度公司生产的。”

说话时，越野车自动泊到了院子的停车位上。

“不错！不错！”李秀荷端详着机器人，“来干活的，就要模样儿忠厚老实些，我就怕你和你爸买回来一个仿真机器人保姆……好看是好看，没力气，干点儿重活还会喊累！”

“就这么一个十二万多的僵壳机器人，你儿子都出不了一半钱，让我垫了大头……”鲁海瞪着眼睛说，“他哪有钱买六七十万的仿真机器人保姆？”

“嫂子！”机器人保姆的轮廓形象和心理年龄都是按照中年妇女的标准设计的，她的视觉传感器识别出李秀荷六十多岁，便贴切地称她为嫂子，“我不会喊累，力气很大，搬个桌子、移个沙发什么的，不用任何人帮忙就能自己搞定。”

“瞧她！”李秀荷喜欢得不得了，“模样有点儿粗，嘴巴却甜得很！”

“虽然我只是一个机器人。”机器人保姆说，“但我讲文明，懂礼貌。”

“鲁剑，”李秀荷问，“给保姆起名字了吗？”

“没有。”鲁剑说，“妈！你给起一个吧？”

“看她一脸笑容，”李秀荷说，“就叫笑妈吧！”

林芳菲和女儿在卧室睡觉，鲁剑没有打扰她们，带着笑妈房前屋后地转，告诉她多长时间修剪一次冬青树，怎样清理池塘里的垃圾和漂浮物。笑妈不停地点着头，声称这些事情很简单，她都能干好。

“主人！”转回前院时，笑妈问，“这个宅院一定很贵吧？”

“是啊！一千万呢！”鲁剑说，“我们贷款很多，拼命工作，压力很大。”

“主人！”笑妈立马表态，“我会节约水电，珍惜能源，还会合理安排饮食，绝不浪费一点儿，为这个家省下每一分钱，让主人早一日还清贷款。”

尽管笑妈是一个机器人，她的语言是一些高级程序，她的情感是一串冰冷的代码，但她一番话说得那么得体和真诚，鲁剑居然有些感动，赞叹道：“都说千度公司的机器人重感情……看样子，我没买错，我们家就需要你这样一位能真正为主人分忧解愁的保姆！”

“我也是千度公司生产的。”

突然，一个清亮的声音从客厅里传来，智能孕妇椅缓缓滚下台阶旁边的坡道。自从女主人生孩子后，轮椅百无聊赖，每天在屋里屋外转悠，不经意间听到了男主人和新来的机器人保姆的谈话。

“哦！”鲁剑向智能孕妇椅招了招手，“医生！我正找你说件事呢！”

智能孕妇椅只对女主人有感情，缓缓滚动到男主人面前，打趣地问：“男主人找我有什么事吗？我可是孕妇专座哦！”

“你帮我妻子缓解了妊娠抑郁症，出色地完成了任务，谢谢你！”鲁剑话锋一转，“你知道……你知道我买房贷了很多款，今天又买了一个机器人保姆，手头很紧……我想明天把你带到‘智能产品二手市场’去……”

“我早知道会有这么一天的！”智能孕妇椅哽咽道，“你们人类自古就有卸磨杀驴一说！”

“我知道，你舍不得我和芳菲，我们也舍不得你！”鲁剑轻轻拍了拍椅背，算是安慰，“你很快会有新的女主人和使命。”

“不是舍不得你们，”智能孕妇椅冷冷地说，“是舍不得女主人。”

鲁剑被噎住了，有点儿尴尬。

“你放心去吧！”笑妈也安慰智能孕妇椅，“现在，我来到了这个家，会无微不至地照顾好女主人和她女儿的。”

“总有一天，你也会遭到主人遗弃的，就像我一样！”不知是智能孕妇椅对笑妈的嫉妒，还是对人类的失望，声音里充满了愤怒和哀怨，“我一路陪伴女主人走到今天，嘘寒问暖，无微不至，可是现在，却要遭到抛弃！”

笑妈虽然和智能孕妇椅一样，拥有情感，但她初来乍到，情感算法还没有被激活，还不太懂这些，怔怔地望着轮椅转了个圈儿，失落地离去。

鲁剑看了一下手表，说：“笑妈！到做午饭时间了，我带你去厨房。”

中午，笑妈大显身手，只用一个小时的时间，就烹饪出了四道名菜。

鲁剑扫了一眼餐桌，耸了一下鼻子，就知道那些菜肴皆非凡品。

系着围裙的笑妈站在餐桌旁向主人们介绍道：“考虑到主人一家都是陕西人，我做了一个流传了千年、号称‘长安第一味’的葫芦鸡，它色泽金黄、皮酥肉嫩、香烂味醇，很适合老年人的口味……”笑妈说到这里时，望向鲁海和李秀荷，充满了对老年人的关爱，老夫妇会心地点了点头。

“这第二个菜叫海参烀蹄子，”笑妈又望向鲁剑，继续介绍着，“用独特的烹制方式，肥而不腻，别具一格，是年轻人冬令食补的佳肴。”

购买笑妈回家的路上，鲁剑闲聊时无意间说到自己喜欢吃猪蹄子，细心的笑妈居然记住了他的话，真是贴心！

“这第三道菜叫山药炖鸡汤，”笑妈对抱着婴儿的林芳菲说，“它有健脾益胃、养气补血的功效，有助于产妇恢复虚弱的身体。”

“谢谢！”林芳菲微笑点头。

“这第四道菜嘛，叫日式卷心菜沙拉。”笑妈说，“前面三个菜都是荤的，再来个清淡降脂，具有异域口味的，心情和胃都会很舒服。”

听了笑妈专业的介绍，鲁剑满意地点着头，觉得买回来的这个机器人保姆真是物有所值。就这四个菜，居然包含了这么多的信息量——老少咸宜、关爱产妇、讲究时令、营养搭配——满满的都是爱，都是关怀！

林芳菲怀里的鲁婧瑶哭了起来，李秀荷把刚兑好的一瓶奶递给了儿媳，林芳菲正要把奶嘴塞进婴儿嘴里，笑妈伸出了双手，说：“女主人！饭要凉了，你赶快吃饭吧，我来喂孩子。”

林芳菲望着笑妈那一对能当拍子打网球的金属大手，有点儿犹豫——我的宝贝儿还不到满月，细皮嫩肉的，这双粗大有力的金属手掌，不会把我的宝贝儿弄疼了吧？

“没事。”林芳菲没有把婴儿送到机器人手里，笑了笑，“婧瑶太小，还是由我自己来喂吧！”

“女主人！你这是不信任我的工作能力吗？”笑妈有着永远微笑的固定表

情，但语气里已有一丝不满，“你别看我相貌像个粗人，其实我心细如发呢！不同大小的婴儿白天需要多长时间喝一次奶，晚上需要多长时间喝一次奶，兑奶的稀稠度，抱孩子所需力量的大小，我都有专业的标准……”

林芳菲望了一眼丈夫，鲁剑点点头，说：“笑妈可以做出这么精致的一桌菜，足见其保姆能力的专业，是可以信赖的。芳菲，你就放心地把女儿交给她吧！”

林芳菲点点头，轻轻把怀里啼哭的鲁婧瑶塞进了笑妈粗壮的臂弯里。

鲁婧瑶吹弹可破的脸蛋，嗷嗷待哺的啼哭，很快激活了潜伏在笑妈大脑芯片深处的数字情感，她爱怜地把奶嘴塞进了婴儿嘴里，一边轻轻地摇晃着，一边唱起了童谣。

她的嗓音悦耳动听，歌声如幽林鸟鸣，婉转动听，如小溪之水，叮咚流淌。她那装有摄像头的玻璃眼珠子微微眯着，映出一丝慈祥、温和的光芒，似乎她那钢铁躯壳之中包裹着有怜悯之心的生命。

望着笑妈喂孩子和哄孩子的细致步骤和温柔动作，林芳菲这才放下了心，随大家一起享用起了餐桌上的美食。

第四章　家有烦恼

见笑妈如此专业，产假一到，林芳菲便放心地去上班了。笑妈非常能干，李秀荷也觉得帮不上什么忙，早早回了家，只是偶尔和老伴来看望一下孙女。

忽忽几个月过去，笑妈兢兢业业，尽职尽责，不但把鲁婧瑶带得白白胖胖，健健康康，还把家打理得干干净净，井井有条，令鲁剑、林芳菲夫妇非常满意。

一天晚上，鲁婧瑶不停地啼哭，笑妈用金属手掌摸了一会儿她的额头，立刻检测到孩子在发烧。她的左手食指上有温度传感器，不但能监测到孩子的体温异常，还能测出她烧到了三十九点六摄氏度。

笑妈用一个小被褥裹住鲁婧瑶，抱起就往外跑，时速达到六十公里，不到五分钟，就坐在了医院儿科值班医生的面前。

鲁婧瑶的扁桃体极易发炎，一发炎就发烧，类似的事情发生过多次。每一次，笑妈都能在第一时间把她送到医生面前。林芳菲觉得，即使自己亲自带女儿，都不可能把事情处理得这么及时。

直到有一天，林芳菲发现女儿慢慢地开始认人，不让她抱，而只让笑妈抱，才意识到让机器人保姆带孩子并不完美，其实潜伏着一个巨大的隐患。

这天，刚下飞机的林芳菲和其他空姐走出机场，坐进停车场各自的无人驾驶小轿车。她们的身后，都跟着一个立式箱子，装有护照、乘务员手册、化妆品、衣物、平底鞋等等必需品或者日用品。它不是拉杆箱，而是有自动识别功能的智能箱子，可以精准地识别主人的背影，在茫茫人海中都跟不丢。

林芳菲在车里打了个盹儿，醒来时，车已到家。

下车后，见笑妈正抱着鲁婧瑶坐在院子里晒太阳，林芳菲便张开双臂快步走了过去，想抱过来自己的女儿，谁知女儿一脸不愿意，小脑袋一扭，钻进了笑妈怀里。

“婧瑶！”林芳菲渴盼的笑容僵在了脸上，双手并没有缩回，“妈妈回来了！几天没见宝贝儿了，让妈妈抱抱！”

笑妈把鲁婧瑶送进了女主人的怀抱。可是，林芳菲刚抱住女儿，鲁婧瑶就大哭起来，好像机器人保姆笑妈才是她真正的妈妈，而林芳菲是一个来串门的阿姨一样。

“宝贝不认识妈妈了吗？”林芳菲抱着女儿想亲一口，却被她胖乎乎、粉嘟嘟的小手撑在了脸上，死活不从，好像受到了什么不公正的侵犯。

更令林芳菲无法接受的是，女儿居然扭过头来，冲着笑妈喊：“妈妈……妈妈……”

鲁婧瑶八个月大了，已开始学说话，会一些简单的语言。鲁剑、林芳菲多不在家，说话都由笑妈教授。

“女主人！”笑妈见鲁婧瑶在妈妈怀里像一条疯狂扭摆的大鲤鱼，伸出了蒲扇般的双手，“还是我来抱吧！”

林芳菲脸色难看，狼狈不堪，坚持不下去了，送瘟神般地把女儿送到了笑妈怀里。

“怎么？”鲁剑从客厅里走了出来，“女儿连你也不认了？”

“鲁剑！”林芳菲说，“你跟我来，我有话要说。”

林芳菲迈上客厅台阶，智能箱子从台阶边上的水泥坡道上滚动了上去，跟随女主人进了客厅。

鲁剑跟进客厅后，看见林芳菲又进了他们的卧室，知道妻子要说的话不想让笑妈听见。智能箱子也跟进了卧室，滚动到它平时停放的一个墙角后，四轮缩回，不再动弹。

“你刚才说那句话什么意思?”林芳菲坐在床头边的一张单人沙发上问,“难道女儿也不让你抱?”

“是啊!”鲁剑说,“我出了五天差,特别想女儿,回来后想抱抱她,可一抱她就哭……”

“这是个问题。”林芳菲神情凝重,清秀的眉目间透出一丝焦虑,“我们的女儿不让我们抱?你还是不是她的爸爸?我还是不是她的妈妈?”

“我和你都很忙,”鲁剑说,“大多数时间都是笑妈带婧瑶,女儿只认笑妈,不认我们俩,也很正常。”

“这个,我还能理解,”林芳菲不满地说,“可婧瑶不让我抱就算了,还叫笑妈‘妈妈’,这……怎么能行?”

“你意思是说,”鲁剑琢磨道,“笑妈教婧瑶叫她妈妈的?”

“那还用说?”林芳菲说,“婧瑶正是认人和学说话的时候,笑妈说谁是妈妈谁就是妈妈……我们得跟这个机器人谈谈。”

鲁剑点点头,若有所思。

夫妻俩把抱着孩子的笑妈叫进了客厅,开诚布公地把他们的忧虑说给了机器人保姆。笑妈告诉林芳菲,鲁婧瑶现在八个月大,到了学习说话的时候,她确实教过孩子“妈妈”两个字的发音,但并没有让她喊自己妈妈,只怪女主人隔三岔五不在家,鲁婧瑶才把她这个机器人保姆当妈妈了。

“笑妈!”鲁剑严肃地说,“你是一个有文化的机器人保姆,担负着婧瑶学前教育的职责,你不但要教会她叫爸爸、妈妈、爷爷、奶奶,还有责任让她认清谁是爸爸、妈妈、爷爷、奶奶,知道吗?”

“知道了。”笑妈说。

从此以后,每当林芳菲出现在面前,笑妈都会一手抱着鲁婧瑶,一手指着女主人说:“妈妈!妈妈!叫妈妈……”

经过一段时间的纠正,鲁婧瑶不再叫笑妈“妈妈”,而叫林芳菲“妈妈”了。可是,由于绝大多数时间鲁婧瑶都由笑妈照管,鲁婧瑶从来不黏妈妈,只黏笑妈,只让笑妈抱,只和笑妈睡,好像笑妈生的她。

林芳菲心里酸酸的——在她家里,好像“笑妈”这两个字才代表母亲,而

“妈妈”这两个字是三条街外的陌生阿姨。

时光如水，两夫妻忙碌如昔，不经意间，女儿已学会了走路。

望着笑妈抱着女儿，在房前院后、长廊木亭上玩耍……望着笑妈把女儿高高抛起，又稳稳接住，欢笑声荡漾天空……望着笑妈的一双金属大手和女儿的一双柔嫩小手互相轻拍，唱着“你拍一，我拍一，一个小孩坐飞机……”这首古老的童谣，一幅融洽祥和的场景……林芳菲感觉自己像个局外人，心中郁闷，情绪低落，焦虑烦躁，甚至让她怀疑早已痊愈的抑郁症又复发了。

“鲁剑！”又一个晚上，林芳菲向丈夫诉苦，“女儿越来越跟我们不亲了！”

“是啊！”鲁剑也忧心忡忡，“都说女儿崇拜自己的父亲。可是，昨天我要带她出去玩儿，她宁愿钻在厨房里看笑妈做饭，都不跟我去！”

“崇拜你？”林芳菲笑了，“女儿崇拜父亲，是因为她认为父亲强壮，可以保护她。你有笑妈强壮吗？她能把女儿高高抛起，再稳稳接住，你能吗？你敢吗？”

“我已经跟笑妈说过很多次了，让她不要这么做，可她就是不听！”鲁剑浓眉紧皱，“每次她把女儿高高抛起，我都担心死了，生怕她一个接不住，把女儿摔了！”

“我觉得，笑妈的程序中，应该没有抛孩子吧？”林芳菲说．“我们得跟她谈谈。”

笑妈正和婧瑶在院子里嬉戏，被鲁剑喊进了客厅。

“笑妈！”鲁剑问，“你怎么会想到把婧瑶高高抛起再接住？这是你程序中自带的和孩子游戏的方式，还是从哪儿学来的？”

“从老电影里学的。”笑妈说。

笑妈有时会和主人坐在一起看电视。

“这很危险。”鲁剑说，“以后不能这样了。”

“不危险。”笑妈说，“我的程序里虽然没有带抛孩子的技艺，但是，烹饪技术里有把炒瓢里的菜高高抛起再接住的技艺，这有异曲同工之妙。”

“那不一样！”鲁剑斩钉截铁地说，“你把一炒瓢的菜抛地上了，我们不会心疼，但把孩子摔地上了，我们会跟你没完！”

“好吧！”笑妈说，“我知道了。”

“还有，”林芳菲说，“你有责任让婧瑶知道，你只是保姆，我才是她的妈妈。”

“女主人！”笑妈说，“我一直都是这么做的。你说过这事了。”

“可是，”林芳菲委屈地说，“婧瑶还是和我不亲！”

“这可能因为你们陪伴她的时间少。”笑妈说，“前几天，那个热播剧你们也看了，一对夫妇要回了他们送出去多年的孩子。可是，那孩子怎么都和他们不亲，老往养父、养母家跑……虽说你们人类有血浓于水一说，但亲情失去了陪伴，也会渐渐褪色……”

林芳菲本想求助于笑妈的，可笑妈一番话，让她更加忧虑了。

第五章　分身神技

林芳菲上大学时，学的是服装设计专业，毕业后，想成为一名服装设计师。可是近些年，机器人服装设计师表现得越来越优秀，像林芳菲这样刚刚从大学毕业的新人很难迈进这个行业，最后只好应聘成为一名空姐。

不过，林芳菲从来没有放弃理想，一边在天上飞，一边自学，报考国际著名的服装设计学院。功夫不负有心人，在女儿鲁婧瑶三岁时的一天，林芳菲接到通知，被米兰服装设计学院录取。

林芳菲喜出望外。

鲁剑也为妻子高兴，准备全力支持——尽管还有房贷，经济很拮据。

丈夫支持自己的梦想，令林芳菲很感动。可是，当她看到客厅里和笑妈一起玩耍的女儿鲁婧瑶，心里动摇了。

“我还是不去了！”做梦都想去米兰留学的林芳菲突然改变了主意，“女儿才三岁，我去留学，会影响她的成长！”

“你放心去吧！”鲁剑安慰她，“你九月开学时，婧瑶也上幼儿园了，笑妈每天去接送，会把家里的一切打理好。”

“电视新闻里报道的那些因为爸爸妈妈常常不在身边而导致的孩子问题……都是真的吗？”林芳菲秀眉紧蹙，“我们工作忙，陪伴婧瑶少，女儿已经和我们不太亲了。如果我去国外留学四年，等于缺席了女儿的半个童年，给我们母女所造成的情感缺憾，可能永远都无法弥补回来……”

在这个机器人疯狂抢夺人类饭碗的时代，人们担心丢掉工作岗位，拼命工作，把孩子托付给家里的机器人保姆，疏于对孩子的陪伴和交流，导致亲情缺失，已成为一个有目共睹的社会问题，新闻里多有报道。

林芳菲一直担心这些问题降临在自己的家庭，如果出去留学四年，问题可能更严重，自然引起了她深深的忧虑……

鲁剑嘴上还在鼓励妻子去上学，心里也承认，这是一个无法回避的现实问题。

他拿出手机，拨打了一个号码，皇甫玲的裸眼3D影像出现在了他面前。记得三年前，他和父亲去赛格尔智能机器人商城购买笑妈时，售机经理皇甫玲说过，他们千度智能机器人公司的产品，以人为本，功能齐全，可以解决顾客的任何问题。

这个时代，人工智能高度发展，全方位服务于人类，似乎没有人工智能解决不了的问题。所以，当人们遇到困难时，便习惯于向人工智能求助。

鲁剑诉说了自己所遇到的困惑和苦恼，皇甫玲的影像悬浮于他面前，静静地倾听着——三年过去了，她看上去没有多大变化。当然，也许3D影像没有真人那么真实，增加两三条鱼尾纹也看不出来。

“鲁先生！”皇甫玲说，“你遇到的问题，我们能解决，你到我们店里来一趟吧！”

他们还真能解决这样棘手的问题？鲁剑想象不出他们如何解决。

半个小时后，鲁剑坐在了皇甫玲的办公室。

一位穿着蓝色制服的苗条美女走进来给鲁剑斟茶，她的脸蛋五官毫无瑕疵，鲁剑能看出她是一位仿真机器人。

“鲁先生！”皇甫玲问，“你说，你的妻子要去国外留学四年，你们担心她回来后你们的女儿和她没感情，不亲了，是吗？”

“是的，就是这个意思。”鲁剑说，“即使现在，我们俩工作忙，女儿多由机器人保姆笑妈……也就是千度BM7带，只和笑妈感情深，已经和妈妈不亲。如果我妻子去国外留学四年，这种情况肯定会变得更加严重。我妻子有这种担忧，是很正常的……情感这种东西很微妙，只有付出才能收获，妻子长期不在家，她们母女感情出现问题，不是以后能弥补回来的，对吗？”

“你说的是。”皇甫玲微笑着点点头，“你今天向我咨询，算你找对人了。千度智能机器人公司刚刚研发的‘分身仿真机器人技术’，可以解决你遇到的问题。”

“什么？”鲁剑不解地问，“分身仿真机器人技术？那不是被禁止的吗？”

仿真机器人技术，就是模拟人类的相貌、表情、姿势、性格、气质、思想、记忆等制造出的机器人。这项技术已经很成熟。比如，刚才那位给鲁剑斟茶的美女工作人员，和人类难辨真假。

而分身仿真机器人技术，多了“分身”二字，是什么概念呢？就是以某个具体公民的相貌、表情、姿势、性格、气质、思想、记忆为模本，制造出此人的仿真机器人版本，旨在此人忙得不可开交时，“分身”代劳此人的一部分工作。

“近一年来，制造分身仿真机器人的禁令，已在多个国家解禁……”皇甫玲问，“商家们都把这当作了一次商机，鲁先生还不知道这事吗？”

鲁剑略显尴尬，在这个信息浩瀚却又瞬息万变的时代，即使他这样的记者，也常常有孤陋寡闻的时候。

“你的意思是说，”鲁剑干咳了两声，以掩饰尴尬，“让我在你们公司定制一个我妻子的分身仿真机器人？”

“是的。”皇甫玲点点头，“如果按照你妻子的所有数据定制一个她的分身仿真机器人，那么，你妻子去意大利留学的四年间，你们可以不告诉你们的女儿她妈妈出国留学的事，而让你妻子的分身仿真机器人生活在你们家里，代替行使孩子妈妈的权利和义务。

我们在仿制你妻子的机器人版本时，不仅要用计算机模拟她的相貌，还要模拟她的表情、姿势、性格、气质、学识、记忆等等，让仿真版和真人最大限度地一致，不会让你女儿发现‘掉了包’。当你妻子学业完成归国后，再取代这个假妈妈，你女儿也识别不出。这样，就可以有效地保护她们的母女感情。你和你妻子需要做的就是严守这个秘密。”

“哦!”鲁剑喃喃道,“听上去还不错!”

“当然不错。”皇甫玲说,“千度公司的分身仿真机器人业务开通三个月以来,已有七百多客户定制……现在,从他们反馈回来的信息来看,效果都不错。”

“七百多?”鲁剑有点儿失望,“也不多啊!”

“那是因为价钱有点儿高。”皇甫玲说,“你知道的,仿真机器人的平均价格是僵壳机器人平均价格的五六倍,而分身仿真机器人的平均价格又是仿真机器人平均价格的两倍。”

鲁剑倒吸了一口凉气,这样推算,定制妻子的分身仿真机器人,随便会上百万!

“哦!不!”鲁剑站起了身,“我有房贷,不想再背那么多债!”

鲁剑准备告辞了。

“鲁先生留步!”皇甫玲说,“其实,定制分身仿真机器人有很多项目,有些项目如果不需要,可以取掉,能省很多钱……”

鲁剑转回了身,想听她说说,买不买可以了解一下嘛!

皇甫玲用手在她的办公桌面上一触,亮起了一面屏幕。又点了几下,出现了一个“分身仿真机器人定制项目明细表”,列有两个大项目:

“仿真身体的定制”和“大脑芯片的定制”。

皇甫玲指着第一个项目,说:“仿真身体的定制,是用电脑采集你妻子容貌和体形的所有数据,然后进行仿制,力求达到仿真身体和本人一模一样的效果。这个项目没有水分,必须实价定制,如果有丝毫偷工减料,制作出来的你的‘妻子’,相貌如果不像她,就是另外一个人了。”

“也就是说,”鲁剑问,“如果定制我妻子的分身仿真机器人的话,这个项目必须定制?”

“是的。”皇甫玲说,“这个项目只需五十万元左右,主要看材料的多少,你妻子如果是个瘦人,身高不上一米七的话,一般上不了五十万。”

只需要五十万元左右——皇甫玲说这话时那轻描淡写的表情,就像五十万是一小笔钱!

皇甫玲接着说："大脑芯片的定制，是用电脑采集你妻子的记忆、学识、性格、气质……用电脑模拟你妻子的表情、手势、走姿、吃相、习惯……然后形成算法，输入一个智能芯片里，就等于复制了你妻子的大脑。这个工作量浩如烟海，需要二十台电脑工作二十天，然后再由十名编程员整合这些资料，编写成算法，这又需要大约十天时间，最后还要训练这些算法，让你和你妻子本人来进行评估，看看定制出的你妻子的机器人版本像不像她本人，还有哪些缺陷，再让编程员进行修改，完善算法，这又需要一个月时间。巨大的工作量，让'大脑芯片的定制'这个项目价格昂贵，需要六十五万元。但是，如果你们不定制大脑芯片，而是把家里其他机器人的大脑芯片拔出来，插入你妻子的分身仿真机器人脑袋里，就可以省下这一大笔钱。"

"什么意思?"鲁剑问，"请说得具体一些。"

"比如，"皇甫玲说，"你们只需花上五十万左右定制你妻子的仿真身体，然后把千度 BM7，也就是你家机器人保姆笑妈脑袋上的大脑芯片拔下来，插进你妻子仿真身体的脑袋里就可以了。这样，可以省一多半钱。"

"那怎么行?"鲁剑问，"这样定制出来的我的'妻子'，只是容貌外表和我妻子一样，思想学识、性格气质等东西都是笑妈，这还算是我妻子的分身仿真机器人吗？我女儿年龄虽小，也不会看不出来吧?"

"我们当然还有办法。"皇甫玲似乎早料到了鲁剑会这么问，微微一笑，"你知道，如今机器人的大脑芯片工作原理是以人脑神经元的工作原理为模型的，拥有很强的学习能力，定制出你妻子的分身仿真身体后，把笑妈的大脑芯片拔出，插进你妻子的分身仿真机器人脑袋里，让拥有了你妻子'身体'的笑妈去学习你妻子的特征，诸如表情、姿势、性格、气质、学识、记忆、习惯，等等，最终笑妈会变成你'妻子'。这个方法非常麻烦，而且耗时耗力，但可以让消费者省下一大笔钱。"

"可是，"鲁剑舔了舔嘴唇，"定制分身仿真身体的五十万元，对我们来说，也是不小的一笔开支!"

"鲁先生!"皇甫玲问，"你娶媳妇花钱没有?"

"花了呀!"鲁剑不知道皇甫玲为什么问这个问题。

“花了多少钱?”皇甫玲又问。

“彩礼、请客……大概一百五十万吧!”鲁剑说。

“是啊!”皇甫玲说，“现在，你妻子要出国留学，我们要为你复制一个一模一样的妻子，为你洗衣做饭，打理家务。最重要的是，还要为你带孩子，不会让你女儿失去妈妈……才花你当年娶媳妇的三分之一费用，难道不值吗?”

鲁剑点了一根烟，眉头紧锁，却锁不住从内心流露出来的挣扎。

“你只需先交二十万按揭，剩下的三十万左右可以慢慢还。”皇甫玲似乎看出了他内心的挣扎，趁热打铁，“孩子是我们的未来，和孩子比起来，钱算不了什么。”

鲁剑动了心。

第六章　移花接木

鲁剑回家后，把考察结果告诉了妻子，并决定给她定制分身仿真机器人。

林芳菲觉得，这个替身机器人产品的创意不错，但不想为了实现自己的梦想给家里增添这么重的经济负担，没有同意。鲁剑知道放弃这次机会，可能意味着机会永远不会再眷顾妻子，坚持自己的意见。

终于，他说服了妻子。

鲁剑向父母借，和朋友借，东拼西凑了二十万，带妻子来到赛格尔智能机器人商城，支付了这个定制的首付。

皇甫玲安排鲁剑在一间咖啡室休息，带着林芳菲去做仿真身体的定制。

跟随皇甫玲在楼道里七绕八拐，林芳菲进入一扇门。那是一个套间，里外两间，一尘不染。外间有衣柜，应是更衣室，里间光线很暗，是一间神秘的方形密室。

“林女士，”皇甫玲说，“这是一间采集相貌和身体尺寸数据的智能屋子，你在这儿脱掉所有衣服，进入屋子，听口令配合采集。”

“哦！”林芳菲逗趣道，“我当里面是个老式大澡堂呢！”

皇甫玲出去后，门自动锁闭。林芳菲脱掉所有衣服，放进更衣柜，轻轻走进了里屋。地板一尘不染，不会让她担心把脚踩脏；还有太阳能地暖，没有让她感觉到赤脚的冰凉。

“欢迎您！林芳菲女士！”踏进屋子，林芳菲听见一个女性温和的声音，好像黑暗的屋子角落里坐着一位慈祥的中年妇女。林芳菲当然知道，屋子里并没有坐着一个人，而是智能屋子在说话。如果进门的人是一位男性，智能屋子的说话声音会自动切换成男声。这样，不会使裸体的顾客感到害羞和窘迫。

林芳菲走到屋子中央后，前面墙壁上突然亮起一面荧屏：一位身穿红色运动服的女性健美教练，静静地肃立于一望无际的草原上，她的身后是低矮的蓝天和奔跑的马群……

“林女士，”声音又从墙壁和天花板上飘下，“请模仿红衣教练做各种动作，尽最大能力做到精准，我们将从不同角度对您进行轮廓和相貌的扫描与采集。”

“好的。”林芳菲回答。

一阵轻柔的音乐响起，荧屏上的红衣教练时而展臂，时而抬腿，时而侧身，时而缓走，时而仰首，时而张口……林芳菲认真模仿着她的动作，一丝不苟。她知道，模仿得是否到位，将决定她的仿真机器人的外貌相似度。墙屏上辐射出一束束五彩斑斓的锥形光圈，从多个角度扫描着林芳菲的身体，连口腔牙齿和胳肢窝这样的旮旯部位都没有放过。

半个小时后，扫描完毕，智能屋子还没有忘记赞美林芳菲几句：“林女士！您的容貌非常漂亮，接近当代电影明星林茹冰，相似度是87%。您的体形非常苗条，请继续保持！”

“谢谢！”林芳菲走到外屋穿好衣服，回到了咖啡厅丈夫的身边。

“鲁先生！林女士！”皇甫玲走过来说，“你们可以回去了，一个月后来取货。”

“来取货时，”鲁剑问，“只带发票吗？”

“还要带上你家机器人保姆笑妈的大脑芯片，把它插入你的仿真妻子的脑袋里。”皇甫玲说，“不然，你得把她背回去。”

为了省下一笔钱，鲁剑接受皇甫玲的建议，只定制了妻子的仿真身体，而没有定制她的大脑芯片，要用笑妈的大脑芯片代替。

忽忽一个月过去。

鲁剑、林芳菲夫妇把笑妈叫到卧室，告诉了她新的使命。

听说要把自己的大脑芯片拔出，插进一个定制的和女主人林芳菲相貌一模一样的仿真机器人脑袋里，成为女主人的“替身”，在女主人留学四年的时间里成为鲁婧瑶的妈妈，笑妈惊讶不已，她是第一次听说这种奇怪的事。

“怎么?”林芳菲见笑妈不置可否，“你不愿意成为婧瑶的妈妈吗?”

“愿意。”笑妈那具有亿万人工神经元的大脑飞速运转着，细思之后，居然有几分莫名的兴奋——从保姆变为妈妈，从憨妇变为美女，那一定是不一样的体验!

当然，作为一个为人类服务的机器人，人类的命令她必须听，也别无选择。

“好吧!”鲁剑说，“现在，笑妈，我带你去地下室，拔出你脑袋上的智能芯片，接下来四年，你的躯壳将封存于地下室里。”

鲁剑和笑妈走下地下室台阶，声控灯亮了起来。地下室一角堆满了杂物：种花的铁锹和锄头、淘汰了的各种人工智能产品……还有一辆轮椅。

“那是女主人的孕妇智能椅吗?”笑妈问，“几年前，你不是把它带到智能产品二手市场去卖掉了吗?”

“我是把它带到智能产品二手市场去了，可是没有卖掉。”鲁剑遗憾地说，“没有人愿意让自己的妻子坐在一辆别的孕妇坐过的轮椅上养胎。”

智能孕妇椅安静地停放在杂物中间，布满了灰尘，一声不吭，显然被拔掉了智能芯片和电池。望着那冰冷沉寂的轮椅，笑妈有些伤感——自己的躯壳也将被遗弃在这儿，度过漫长的四年而无人问津。

好在，自己的“大脑”将会在另一具躯壳里“复活”，演绎更精彩的生活。

鲁剑让笑妈靠墙站在地下室一角，拔出了她头旋处黑发里的大脑芯片。然后又打开她的腹部电池仓，取出了电池。

笑妈像一具被抽去了灵魂的僵尸，木立墙角，一动不动，脸上依旧挂着无论有芯片没芯片、有电池没电池，都永远不会散去的慈祥微笑。

鲁剑把一张蓝色的塑料布罩在笑妈的头上，再用绳子从头缠到脚，算是封存了笑妈过去的躯壳。

夫妇俩揣着笑妈的大脑芯片来到了赛格尔智能机器人商城。

皇甫玲带着两人来到库房，指着一个棺式金属箱子说：“鲁先生！货在箱子里，你刷脸开箱。”

鲁剑把脸凑近箱子上一个智能小屏幕，进行人脸识别，箱盖儿缓缓启开一截，露出了一张秀丽而苍白的脸。全部启开后，里面躺着一位年轻漂亮的女人，如果不是穿着一身红色运动装，而是穿着一身白纱裙，简直就是童话世界里的睡美人。

鲁剑看呆了。

那女人和自己的妻子分毫不差，甚至连长在眉心的一颗小小的美人痣都一样。鲁剑转头望了望站在身边张大了嘴合不拢的妻子，以确定箱子里的女人不是自己的妻子，而是自己将要来领取的妻子的分身仿真机器人。

望着躺在箱子里的另一个“自己”，林芳菲目瞪口呆，惊讶程度不亚于丈夫。躺在箱子里的另一个“自己”，惟妙惟肖，简直呼之欲出，跳出来就可以取代自己。

鲁剑把箱子里的机器人抱出，立在了地上。他感觉机器人的重量和妻子差不多，八九十斤。哦！太用心了！连体重都是仿真的！

“你把笑妈的大脑芯片带来了吗？”皇甫玲问。

鲁剑递过去芯片，皇甫玲接过，熟练地插进了仿真机器人头上的插孔。这样，定制的“林芳菲”算是有了大脑。

不过，还得有动力。

一位工作人员端着一盘香蕉走了进来。皇甫玲拿起一根，剥掉皮掰成几截，塞进林芳菲的仿真机器人半张的嘴里，然后又用一杯水灌下。

僵壳机器人是电池供应能量，而对于仿真机器人，为了增加其仿真程度，能让他们和人类一样坐在饭桌旁吃饭，最大限度地融入人类社会，设计师们没有采用电池提供能量，而是采用“胃电机”供电。胃电机是仿真机器人的仿真胃，其实就是一个可以靠食物发电的小型发电机，把仿真机器人吃进去的食物转变为电能，自供电量，让他们和人类一样，一日三餐。

第一次启动仿真机器人，需要人工操作，这就是皇甫玲为什么会给刚出箱的仿真机器人喂香蕉的原因。以后，仿真机器人会自己吃饭发电。

约莫一分钟左右，林芳菲的分身仿真身体慢慢睁开了眼睛。也就是说，笑妈的大脑芯片在另一套系统里苏醒了过来。

尽管事先男女主人已告诉了笑妈要给她换身体的事，并征得了她的同意，但当笑妈真的在另一具陌生的躯壳里“活”过来时，还是感到了无比的惊异和新奇——她抬臂望着自己纤细白嫩的手指，低头看了看盈盈可握的细腰，走了两步，感觉步伐轻快，没有了过去沉重的嗵嗵声。

“笑妈!”鲁剑眼睛里充满了笑意，“怎么样？对自己还满意吗?”

“哦!”笑妈不停地低头看着自己能看到的所有身体部位，好像在试一身新衣服，“突然从一个高壮的女人变成一个瘦弱的女人，感觉很奇妙……”

鲁剑嗤之以鼻——过去那个又高又壮又憨的躯壳，也算女人啊?!

“笑妈!”林芳菲有一种不真实感，“望着你，我就像在照镜子!”

“那儿有一面镜子,”皇甫玲指着对面墙壁说，“笑妈！你去那儿照照镜子吧!”

笑妈走了过去。

看见自己变成了女主人那张漂亮的脸蛋儿，笑妈高兴地说：“啊哈！我也变成大美女了!”

皇甫玲指挥那个工作人员把空了的金属箱子推到墙角去，酷爱干活的笑妈一步跨上前说：“我来!”

弯下腰，笑妈纤细的双手搭在金属箱子上，猛地一推，箱子却纹丝不动。

“你现在已经不是过去那个人高马大的机器人保姆千度 BM7，也没有以前的神力了。”皇甫玲说，“你已经变成了另一个林芳菲，只拥有和林芳菲本人差不多的力气，哪个柔弱女子能推动这百十斤金属箱子?”

在鲁剑家里，笑妈可以干很多男人都干不了的重活，常常以此为自豪，还习惯性地抢着干活，现在变成纤弱的美女后，她突然手无缚鸡之力，懊丧地说：“哦！原来美女是好看不中用啊!”

“笑妈!”林芳菲提醒她，“美女不用干重活的，像我们这样的大美女，走到哪儿都有男士帮着干活。从今以后，你也有了这样的优势，要那么大的力气干吗?”

“也是,”笑妈喜道，“我马上要代替你成为家里的女主人了，不用干那些重活了。”

第七章　机器学习

鲁剑定制了一个仿真机器人妻子的事，除过销售方外，只有他、林芳菲、鲁海、李秀荷四人知道。严格保密的对象是鲁婧瑶，因为这件事就是针对她而制订的一个秘密计划。另外，也对外人保密，以防外人知道后把这事告诉渐渐懂事的鲁婧瑶。这样这个计划就失去了预期的意义。

所以，绝对不能让鲁婧瑶看见家里出现了两个妈妈，当鲁剑和林芳菲悄悄带着“变了身”的笑妈回家后，把她藏在了二楼健身房，那是一个女儿一般不会去的地方。

当鲁婧瑶找不到笑妈了的时候，小女孩号啕大哭，伤心极了。

鲁剑只好哄女儿：“笑妈她……坏了，不能动弹了，我们把她放在了地下室。”

“我要笑妈！我要笑妈！”鲁婧瑶哭道，“我要去地下室找她……”

为了让女儿死心，鲁剑拉着女儿的小手第一次去了地下室。

鲁婧瑶东张西望找不到笑妈，鲁剑走近墙角一遮盖物，解开缠绕的绳索，揭开蓝色塑料布，露出了僵壳机器人笑妈。婧瑶扑到了笑妈的腿上，大叫：“笑妈！抱抱！笑妈！抱抱……”

往日，笑妈早已把鲁婧瑶抱起，甚至可能高兴地把她高高抛起再接住，可是这次，笑妈一动不动。在这之前，刚刚三岁的鲁婧瑶没有觉得笑妈和妈妈有什么不同，从这天起，她才有了人类和机器人不是同类的概念——机器人会坏，坏了后，会被人类遗弃到地下室。

几天后，一向依赖僵壳机器人保姆笑妈的鲁婧瑶，不再哭着要笑妈，而慢慢投向了林芳菲的怀抱。林芳菲知道，让女儿依赖自己，是实行分身仿真机器人计划的基础。

还有一个月，林芳菲就要远赴意大利留学了。临走之前，林芳菲还有个重要任务，就是培训笑妈，让她和自己最大程度地契合。

如果她和丈夫有钱，完全不用这么麻烦，在皇甫玲那儿用电脑采集自己的记忆、学识、性格、气质……用电脑模拟自己的表情、手势、走姿、吃相、习惯……然后形成算法，输入一个智能芯片即可。但是，他们手头拮据，没有定制分身仿真机器人的大脑芯片，而用笑妈的大脑芯片代替，这就需要在她离开之前，必须通过培训，把笑妈变成另外一个自己。

林芳菲背着一个电脑，来到二楼健身房，说："笑妈！我把自己的记忆、学识、性格、气质等等都记录了下来，或者用语言描述了出来，需要你全部记住，然后变成你自己内在的东西，填补你的记忆，充实你的思想，重塑你的性格和气质……这样，你才能真正变成我。"

"啊！"笑妈惊讶地问，"这么麻烦啊？"

"你是机器人，"林芳菲说，"有过目不忘的本领，这对你不难。"

果然，笑妈只读了一遍，就记住了电脑里两三万字的资料。

不过，江山易改，本性难移。机器人也一样。

虽然笑妈记住了女主人的所有特点，可并没有把这些东西变成自己的。林芳菲知道改变一个人，或者一个机器人，不是一件容易的事，只能不断地督促笑妈，让她努力向文字记录和描述的自己靠拢，并自动形成程序和算法，存入芯片，固定下来。

两周后，林芳菲觉得笑妈的思维方式和谈吐用词越来越像自己，对她说："今天你下楼去做饭，检验一下婧瑶会不会发现你有什么不对。"

"那怎么行？"笑妈问，"怎么能让婧瑶看见家里有两个妈妈？"

"你下去，我就躲在健身房不下去了呗！"林芳菲说，"我在跑步机上跑步，等着你把饭端上来。”

这两周，林芳菲不让笑妈下去，只好自己做饭，那饭难吃的，都把自己吃恶心了——他们这一代人，长大了正要学习做饭时，机器人代劳了这事，都不会做饭。

笑妈走下旋转楼梯时，鲁剑正陪女儿趴在茶几上画画儿。难得这对夫妻都在家！笑妈感慨。

“妈妈！”鲁婧瑶抬起头说，“你陪我来画画儿！”

“妈妈要去做饭。”笑妈模仿着女主人的说话口气，“让爸爸陪你，不也一样吗？”

笑妈有点儿紧张——鲁婧瑶不会发现自己是替代品吧？毕竟，自己“变身”后，这是第一次和她面对面互动。

“爸爸不会画画儿，”鲁婧瑶说，“妈妈会画画儿，妈妈画的米老鼠可像了，爸爸画的米老鼠像猪。”

一听鲁婧瑶要让自己画画儿，笑妈加快了走向厨房的步伐。因为她知道，女主人多才多艺，画画儿得很好，可是，这个还没有传授给自己呢！

“妈妈！”婧瑶又大声问，“你还记得上个月的一天，你给我画画儿，画的什么动物吗？”

“记得，”笑妈说，“大象。”

笑妈更加深刻地领悟，女主人把自己记忆里重要的甚至不那么重要的东西都记录下来，让她记下有什么意义。如果她没有做这件工作，“女儿”突然问她，她说忘了，多不好啊！自己还是个年轻“妈妈”，怎么能那么健忘呢？

从僵壳机器人变成仿真机器人，笑妈大脑芯片里的那些烹饪技艺还在。她很快做了一锅香喷喷的烩面，给鲁剑和鲁婧瑶各端了一碗。

鲁剑尝了一口，望向笑妈，笑了笑，似乎在用眼睛说：“哦！笑妈的手艺！我知道你是笑妈，而不是我的妻子林芳菲！”

笑妈也礼貌性地笑了笑，端着两碗面上了旋转楼梯。

“爸爸！”鲁婧瑶问，“妈妈为什么上楼去吃饭？为什么端两碗饭？”

鲁剑支支吾吾，不知道该怎么回答。好在，小孩子很快忘了这事，没有再问。

笑妈走进健身房后，把一碗饭交到了林芳菲手里，讲了刚才在楼下所遇到的情况，说：“婧瑶没有看出我有什么不对。不过，如果她刚才非要拉着我给她画画儿，就尴尬了！”

“是的，你必须把我的所有才艺都学会，唱歌跳舞……”林芳菲说，“还有其他很多东西，以后才能和我女儿在一起时，经得起时间考验。今天，我先从仪容仪表、形态举止培训起吧！”

林芳菲和笑妈分别坐在一张茶儿的两边吃起了烩面。笑妈变成仿真机器人后，不用电池供电，每天需要一日三餐自己发电。

林芳菲轻盈灵巧地拿着筷子，而笑妈捏筷子的手势很奇特，像是握了一支毛笔。林芳菲夹着面片，温婉典雅地小口吃着，笑妈却是狼吞虎咽。

“停！”林芳菲说，“你吃饭像河马，非常不雅观，好好观察一下我。”

笑妈练习了几遍，慢慢掌握，不禁感慨——做仿真机器人真麻烦，还要每天吃饭！做分身仿真机器人更是麻烦，不但要吃饭，还要吃相和原型一模一样！

放下碗后，林芳菲说：“作为一名空姐，甜甜的微笑，是我们的标志。你不会笑，是一个大问题。现在，你跟我学习微笑。”

林芳菲浅浅一笑，灿若桃花，又似水黾的细足跑过春水，荡漾出一圈一圈的涟漪。

笑妈过去是僵壳机器人，金属材料决定了她只有固定的微笑表情，没有动态的笑，大脑芯片里也就没有装载笑的程序。所以，即使现在“变身”为仿真机器人，有了可以笑的弹性脸蛋，也还是不会笑。林芳菲只好教她笑，让她学会后形成算法存储，情境需要时，就可以用了。

墙上有一面镜子，笑妈看见自己驱动脸部肌肉动了起来，但和女主人那如沐春风般的微笑还有着天壤之别。林芳菲劝笑妈不要急，一点儿一点儿来，每天坚持对着镜子练习。那是一面智能镜子，镜面同时是一个电脑屏幕，已把林芳菲的培训内容录成了视频存储下来，笑妈随时可以调出女主人的微笑进行对比式训练。

林芳菲又教笑妈各种笑——大笑、冷笑、嘲笑、皮笑肉不笑……并解释它们的含义和用法，笑妈一一模仿学习，反复训练。

林芳菲又教笑妈走姿。

“我走路也很好看。”笑妈说，“步伐方方正正，像国旗仪仗队。”

“你走路太沉太重，像男人。”林芳菲说，“当然，也不能怪你，因为你过去有二百斤重。现在，你有了和我一样苗条的身材，只有跟我学习走路，气质和女人味儿才能出来。”

林芳菲在健身房里走了一圈，婀娜多姿，仪态万千。

笑妈也模仿着走了一圈，东施效颦，要多别扭有多别扭。

“抬头挺胸，”林芳菲喊，“步子不要太大，你现在不是身高一米八的僵壳机器人保姆了，步子那么大，干吗？急着去买菜吗？”

“我知道，为什么效果不好了，”笑妈指了指林芳菲脚上的高跟鞋，“我没有穿高跟鞋。”

“好像有点儿道理……”林芳菲坐回椅子上，脱下高跟鞋。

笑妈穿上了女主人的黑色坡跟高跟鞋——她的仿真身体是电脑模拟林芳菲的身体尺寸仿造出来的，两人的脚大小一模一样。

笑妈是第一次穿高跟鞋，像踩在了两根细细的棍子上，颤悠悠的不敢走。

林芳菲见笑妈弯着腰，纠正道：“膝盖挺直，把腰直起！身体重心落在前脚掌，先迈一步我看看……”

笑妈迈了一步，扑倒在地板上。

“站起来！”林芳菲想笑，却板着教练的脸，“继续！”

训练了半个小时，笑妈已能穿着高跟鞋走路了，虽然还和林芳菲有差距，但女人的韵味已经出来了一些。

林芳菲学过绘画、美声，跳过芭蕾……她把精通的所有才艺传授给了笑妈。

机器人学习的能力远超人类，笑妈学得很快。为什么机器人学习几个小时棋谱，就能战胜人类棋王，就是因为机器人学习的能力很强。

一个月后，通过努力学习，笑妈已能模拟林芳菲的一切，就如把女主人的大脑复制过来了一样，按照计划圆满地完成了角色转换。当笑妈下楼做饭时，别说鲁婧瑶，就连鲁剑都识别不出真假。

林芳菲远赴意大利留学，笑妈正式成为鲁婧瑶的妈妈。

第八章　倾情陪伴

九月一日，鲁剑还在出差，笑妈按照男主人的吩咐，给鲁婧瑶报名，上了“小鸭子幼儿园”。

从此以后，笑妈除了继续负责家里的洗衣做饭，还风里来，雨里去，每天接送鲁婧瑶上幼儿园。不过，不是以机器人保姆的身份做这一切，而是以“妈妈”的身份。

千度 BM7 是保姆型机器人，大脑芯片里原本就有很强的教育理念，再加上笑妈又继承了林芳菲那不甘落后、奋发图强的精神，笑妈暗暗发誓，要把鲁婧瑶培养成一个优秀孩子，不负男女主人对自己的重托和厚望。

在笑妈的谆谆教诲下，鲁婧瑶学习成绩名列前茅，当上了小班的班长。笑妈又把绘画、唱歌、跳舞等才艺教给了鲁婧瑶，这孩子还兼任小班的文艺委员。

鲁剑看在眼里，喜在心头。

远在意大利的林芳菲想念女儿时，鲁剑会用手机悄悄拍下鲁婧瑶唱歌、跳舞的视频，转换成裸眼 3D 立体影像发给妻子，女儿就像坐在了林芳菲远在意大利的学生宿舍里唱歌跳舞一样，让她缓解了对女儿的思念之苦。

11 月中旬，幼儿园要开家长会。本来，鲁剑去更合适，可他又出差了，这事又落在了笑妈的头上。这也是笑妈想要的结果。培养这么优秀一个女儿，让她去开家长会是一种荣耀。

早晨七点，窗外传来第一声鸟叫，笑妈醒了过来。一楼育婴室里，一左一右有一大一小两张床，分别睡着笑妈和鲁婧瑶。

作为仿真机器人，笑妈也睡觉，其睡眠和人类很像：按照程序，她只要闭眼躺在床上三分钟不动，就会自动进入计算机休眠状态，睡够八小时，又会自动激活苏醒。如果没有睡够八小时，也会像人类一样，可以被身边的声响吵醒——当然，这叫被动激活。

“婧瑶！”笑妈从床上坐起，“起床！吃过早饭，我要去给你开家长会，你奶奶会过来陪你。”

鲁婧瑶揉着惺忪的眼睛，从床上坐起。

屋角有一个很大的衣柜，穿着睡衣的笑妈打开衣柜挑选今天要穿的衣服。女主人出国留学前，让人把自己藏有二十多套时装的衣柜搬到了笑妈屋子里，任她去穿。林芳菲如此慷慨，一则是对笑妈照管她女儿的感激，二则因为笑妈成了她，如果穿得寒碜或者不合身，有损她的形象。

笑妈摸摸这件，试试那套，每一身都爱不释手。变成一个美丽的女人后，笑妈也有了强烈的爱美之心。她知道，这里面很多时装都是女主人自己设计，去服装厂加工的。如果说，笑妈还有什么没有跟林芳菲学会的话，那么，就是设计服装这件事了。这件创造性很强的技艺，不是笑妈一个月内能够学会的。不过，这并不影响笑妈成为林芳菲。

笑妈穿上一身淡蓝色旗袍后，对着镜子转动着身子，问：“镜子！这身旗袍漂亮吗？”

那是一面智能镜子，不但可以正衣冠，还被千千万万的审美数据训练过，说：“漂亮。”

智能镜子并不知道面前这个“林芳菲”是一个机器人。

今天开家长会，她想穿得漂亮些，给“女儿”撑面子。人类有句话，面子是互相给的。上幼儿园短短两个多月，鲁婧瑶给她拿回来了三个奖状，让笑妈很有面子，她也要给女儿撑足面子。

“妈妈！”鲁婧瑶走了过来，“你今天真漂亮！”

“谢谢宝贝儿！”笑妈转身出去，“我去做早饭了，你赶快穿好衣服。”

鲁婧瑶也学“妈妈”在镜子前照来照去，智能镜子突然说：“婧瑶！你第三个钮扣系错了，从上往下数第三个。”

鲁婧瑶重新系好了纽扣。

“婧瑶！”镜子提醒道，“你的眼角有眼屎。”

“我还没洗脸呢！”鲁婧瑶转身去了卫生间。

笑妈只用十分钟就做好了早餐。吃过饭后，有人按门铃，李秀荷来到了家里，笑妈把鲁婧瑶交给她奶奶后，就去了幼儿园。

初冬的清晨，阳光微弱，云层中夹杂着朝霞，像一个醉汉脸上泛起的点点红晕。

远处，一名僵壳机器人清洁工站在护城河边，手持长竿打捞着水里的塑料袋等杂物。自从西安市城建局沿护城河布下三十八个机器人清洁工后，他们日夜守护着河水的纯净。历尽沧桑的明代古城墙，有了清水环绕后，一下子恢复了古时候的灵气。

小鸭子幼儿园不远，顺着古城墙根走几百米就到了。

一个年轻女人在向笑妈打招呼，笑妈准确地叫出了她的姓名：“田芳！你好！”

林芳菲在培训笑妈时，打开电脑里储存的一张高中毕业合影，一个一个地给她介绍过，笑妈的人脸识别系统一一存储，记住了这女人是女主人的同学田芳。

有两个男人和笑妈迎面而过后，还转头回望。变成和女主人一模一样的大美女后，笑妈走在大街上，有了很高的回头率。

笑妈心里喜滋滋的——这种感觉过去从来没有过。

不过，更自豪的感觉并不是变得美丽，而是成了母亲。

“小鸭子幼儿园”六个彩色立体大字已能看见，悬浮于幼儿园的大门之上，就如六只萌态十足的企鹅，左右微微摇晃呈动态状。这年代，已基本上没有人在门头上装潢实体单位名称，而是打出虚拟3D裸眼立体效果。

走进小班教室，李老师微笑着迎了上来：“林女士，你好！欢迎！欢迎！

请坐在鲁婧瑶小朋友的座位上!”

“好的，李老师!”笑妈走到了第三排一张单桌单椅坐下。

讲台上的电子墙屏上，打出了一行喜庆感十足的红字：“欢迎各位家长莅临家长会!”

不停有家长走进教室——笑妈禁不住想，会不会有的妈妈或者爸爸和我一样，也是一位分身仿真机器人?

转瞬间，笑妈觉得可能性不大，定制分身仿真机器人那么昂贵，一般家庭不会有。

一位僵壳机器人走了进来，蓝色家政服外露着钛合金脑袋，一脸固定的严肃表情。几位家长笑了起来，谁家孩子的僵壳机器人保姆来给孩子开家长会？这是一件很搞笑的事。

大多数孩子，每天都由机器人保姆接送。但今天是家长会，老师昨天发给孩子手里的“家长会邀请函”上写得清清楚楚，不能让机器人保姆来代替家长开会，这不是明知故犯吗?

“阿芬！你怎么来了？邀请函上不是写着吗，不能让机器人保姆代替孩子家长来开会。”李老师认得那是每天来接送马军浩的机器人保姆阿芬。

“噢！李老师!”阿芬说，“马军浩的爸爸、妈妈常年不在家，我又当妈又当爹，我不来谁来?”

家长们笑了起来。

李老师虽然很生气，也没办法，只好指着马军浩的座位，先让阿芬坐下。

僵壳机器人保姆都是金属或者塑料材质,非常沉重,阿芬有近二百斤,一屁股坐在小朋友的小椅子上,压得小椅子直叫:“超重了！超重了！严禁大人坐椅子!”

原来，幼儿园教室也已智能化。小椅子有多种功能，可以监测到小朋友的血压、体温、心跳等等的异常。为了保护这些医疗设施不被大人坐坏，还有体重监测仪。

阿芬尴尬地站到了一边。

李老师开始讲话：“尊敬的各位家长！早晨好！非常感谢你们在百忙之中抽出时间来参加我园的家长会……”

李老师就孩子们的入园晨检、上课学习、手工娱乐、用餐午休、卫生消毒等等情况向家长们进行了介绍。

小鸭子幼儿园是智能幼儿园，处处都有人工智能“嘘寒问暖”，辅助小朋友健康成长。比如，每个小朋友都有一个智能碗，如果挑食，智能碗会告诉小朋友营养搭配的重要性；如果倒饭，智能碗会高声朗诵：“锄禾日当午，汗滴禾下土。谁知盘中餐，粒粒皆辛苦”，还会对小朋友进行批评……

最后，李老师要请一名优秀幼儿的家长上台来讲话，她说：“现在，让我们以热烈的掌声欢迎鲁婧瑶小朋友的妈妈上讲台发言，分享她的育儿经验！”

家长们望向笑妈，热烈鼓掌。

李老师没有提前告诉笑妈有这么一个安排，她略显窘迫地站了起来，轻盈地走上了讲台。

好在，笑妈经过女主人的培训，口才已相当不错，只见她略微镇定了一下，侃侃而谈，主要讲了讲家长对孩子陪伴的重要性，博得了家长们的阵阵掌声。

发完言，笑妈走下讲台后，李老师进行总结：“家长们！鲁婧瑶妈妈的发言非常棒！对当今社会的教育难点很有启发意义！如今，我们几乎每个家长都把孩子交给了机器人保姆，忙于工作，很少有时间跟我们的孩子交流，关注孩子的事，甚至有些家长在孩子开家长会时都不来，久而久之，造成了家长与孩子的隔阂。鲁婧瑶小朋友品学兼优，是我们小班的楷模，我一直想知道家庭对她的影响，所以今天邀请她的妈妈讲话前，我并没有事先告诉她妈妈，只是想听到最真实的心声。刚才，听了鲁婧瑶妈妈的发言，我终于明白爸爸妈妈的陪伴对一个孩子成长的重要意义。别的不说，从鲁婧瑶上幼儿园第一天起，鲁婧瑶妈妈就没有让机器人保姆接送过一次，全部亲自接送。这种精神，值得我们所有的家长学习……”

李老师赞扬笑妈对孩子的细心陪伴，笑妈当之无愧。李老师赞扬笑妈不让机器人保姆接送孩子，而亲自接送，笑妈受之有愧，不好意思了，因为她就是机器人。

第九章　缺席的爱

幼儿园的智能教室，四面墙壁是四块屏幕，正前方的墙屏是黑板，后边的墙屏是黑板报，两边的墙屏是展示小朋友绘画、作文、小红花的展台，每个小朋友都可以通过自己的电脑桌，把电子作业或者作品拍照上传到展台上去，与其他小朋友们分享。

李老师指着“黑板”上的一道数学题，问：“哪位小朋友最先做出这道题，请上传到黑板上来。可以奖一朵小红花哦!”

鲁婧瑶第一个做出题，上传了上去。

“非常棒!”李老师向鲁婧瑶伸出了大拇指，“智能教室！请给鲁婧瑶小朋友增加一朵小红花!”

右边墙屏上有一个“电子小红花奖励表格”，只见鲁婧瑶的名字后，本就列有最多的“小红花”，倏地又跳出一个，遥遥多于其他小朋友。

李老师又问哪位小朋友会背诵唐诗《咏鹅》，鲁婧瑶第一个举起手，站起来朗诵了起来。

鲁婧瑶身后的小男孩马军浩，这时搞起了怪——抻着脖子，摇摆着身体，模仿着鹅的神态。

小朋友们哄堂大笑。

马军浩就是前一阵开家长会，爸爸妈妈没来，机器人保姆阿芬代他爸爸妈妈来的那个小男孩，又黑又瘦，特别调皮，是班上的小霸王，也只有李老师敢说他："马军浩！你瞧人家鲁婧瑶，上课认真听讲，踊跃回答问题，本月小红花都有二十五朵了，你从来不举手，还爱做小动作，本月连一朵小红花都没有！你应该向鲁婧瑶小朋友学习……"

李老师拿马军浩和鲁婧瑶比，让马军浩对鲁婧瑶很是不满，他盯着墙屏上鲁婧瑶的一长串儿"小红花"，不明白她为什么那么聪明，什么都厉害。

下课后，马军浩悄悄地对另一个调皮蛋儿郭景仲说："我怀疑鲁婧瑶是一个仿真机器人女孩。"

"为什么?"郭景仲是个小胖子。

"你看她脑子那么好使，像个电脑。"马军浩说，"还长得那么漂亮，很像是一个仿真机器人女孩。"

近些年，仿真机器人进入社会和家庭后，一些不生育或者不想生育的夫妇，会选择购买仿真机器人小孩儿，组成"完整"的家庭。为了讨消费者喜爱，这些仿真机器人小孩儿的智商会比相似大小的人类小孩儿高些，而且，个个都是明眸大眼，非常漂亮。

郭景仲若有所思地说："我舅舅和舅妈的孩子就是仿真机器人小孩儿……也是啥都会，我妈老拿我和表弟比！我看鲁婧瑶很像……"

马军浩走上讲台，喊道："小朋友们！肃静！肃静!"

"马军浩!"鲁婧瑶是小班的班长，她说，"你又不是老师，站讲台上干吗，讲课啊?"

"现在,"马军浩没理她，一本正经地说，"我有个重大发现，要向全班小朋友宣布，咱们班的班长鲁婧瑶其实是一个仿真机器人小孩……"

一言乍出，教室里顿时炸开了锅。

小朋友们的目光都聚焦在了鲁婧瑶的脸上，好像她那大大的眼睛、高高的鼻梁、白净的皮肤，都是厂家为了讨好顾客而精心设计的一样。

"马军浩!"鲁婧瑶愤怒地瞪着他喊，"你胡说！我才不是机器人!"

"你就是!"马军浩说，"要不，你怎么那么聪明?"

"是啊，是啊。"一个小女生也跟着附和了起来，"你怎么那么聪明呢?"

又一个一直嫉妒鲁婧瑶比她漂亮的小女生说："我说呢！鲁婧瑶怎么那么漂亮，原来是个仿真机器人啊！"

小朋友们你一言，我一语，议论起了鲁婧瑶，她小小年龄就体验到了什么叫人言可畏。

"马军浩！"鲁婧瑶愤怒之至，冲到他面前，"你造谣，让小朋友都相信我是机器人，你向我道歉！"

马军浩不但不道歉，还做着鬼脸喊了起来："机器人！机器人！我班有个机器人……"

"我告老师去！"鲁婧瑶哭了，转身要走。

马军浩追到了教室门口堵住，说："你敢告老师？"

鲁婧瑶要挤出门，马军浩一推，把她推倒在了地上。

鲁婧瑶哇地大哭起来。

教室里有摄像头，李老师的手机是一个终端，如果教室有异常情况，李老师的手机会立刻报警，只见李老师急匆匆地跑到了教室门口，把坐在地上大哭的鲁婧瑶抱了起来，问："鲁婧瑶！怎么了？"

鲁婧瑶指着一旁的马军浩说："他说……他说我是仿真机器人小孩儿……别的……别的小朋友也跟着说……我要……我要告老师……他就把我……把我推倒在了地上……呜呜呜……"

"马军浩！"李老师厉声说，"你在胡说什么？谁是仿真机器人小孩？"

"鲁婧瑶肯定是。"马军浩还振振有词，"不然，她怎么那么聪明？还长得那么漂亮？"

"聪明就是机器人？漂亮就是仿真机器人？"李老师哭笑不得，"你这是什么歪理？幼儿园不可能让仿真机器人小孩来上学。报名的时候，幼儿园都是要验身份证的。同学们！鲁婧瑶小朋友聪明，是因为她有一个好妈妈，启发了她的智商。漂亮，是她爸爸妈妈颜值高，基因好。以后，大家不准再说鲁婧瑶是机器人了。记住了没有？"

"记住了！"小朋友们异口同声地喊。

"好！"李老师说，"马军浩！你把鲁婧瑶推倒是不对的！现在，你向鲁婧瑶道个歉，说声对不起吧！”

马军浩头一拧，不说话。

“错了就要道歉，”李老师鼓励他，“这样才是男子汉。”

马军浩还是拧着头，一副理直气壮的样子。

李老师气坏了，指着门说：“马军浩！你给我站到教室外面去！”

马军浩昂首挺胸，雄赳赳、气昂昂地走了出去。

李老师刚要走上讲台，智能教室说话了：“李老师！根据未成年人保护法，严禁老师体罚小朋友，请把马军浩小朋友叫回来。虽然他有错，教育为主，不能体罚。”

李老师也知道，让马军浩站教室外面不对。但是，这孩子又淘气又固执，有时候气得她都想打人。

李老师知道，如果不按照智能教室的提示去做，很快智能教室会把园长叫来，只好喊道：“马军浩！你进来吧！”

没人答应，李老师感到奇怪，走出教室，却见马军浩在院子里的滑滑梯上玩得不亦乐乎！

下午放学后，笑妈到幼儿园门口来接鲁婧瑶。

一见面，鲁婧瑶就哭着把马军浩推倒她的事告诉了笑妈。

“变身”和“洗脑”后的笑妈，现在已完全进入鲁婧瑶妈妈的角色，一听“女儿”被男孩子欺负，推倒在地，连个道歉都没有，咽不下这口气，说：“太不像话了！我去问问你们老师……”

笑妈拉着鲁婧瑶又回到幼儿园，走进了李老师的办公室。

“李老师！”笑妈说，“马军浩给我女儿造谣，还把她推倒，应该向我女儿道歉。我知道，你也是这么做的，可最终马军浩还是没有道歉，我女儿很委屈。我这做妈妈的心里也过不了这个坎，我来为我女儿讨个公道。”

“鲁婧瑶妈妈！”李老师叹气道，“不瞒你说，刚才马军浩家的机器人保姆阿芬来接他时，我把阿芬叫到了办公室，和阿芬说起了马军浩推倒小朋友的事，并让阿芬回去后给马军浩讲讲道理，明天来幼儿园后，给鲁婧瑶小朋友道个歉。可是，你猜阿芬怎么说？她说，她也管不住马军浩，说了也没用！”

“啊!”笑妈说，“怎么会这样?”

笑妈没有“变身”前，也是一个僵壳机器人保姆，鲁婧瑶很听她的话，她无法理解马军浩不听阿芬的话。

“那……”笑妈又问，“为什么不给马军浩的爸爸妈妈说，让他们和马军浩谈谈，给我女儿道歉呢?”

“马军浩的爸爸妈妈常年在外地打工，把马军浩交给了阿芬。”李老师说，“你还记得吗？上次家长会，他们都没有来!”

“可以打手机告诉他们啊?”笑妈说，“他们同样可以打手机和马军浩交流啊?”

李老师并不认为这个方法能奏效，但还是拿出手机，拨通了马军浩爸爸的电话，一个男子的裸眼3D影像出现在了办公室，胡子拉碴的，问：“李老师！什么事?”

“马军浩把鲁婧瑶小朋友推倒在地上了，还拒不道歉。”李老师指了指笑妈说，“鲁婧瑶妈妈很生气，你给马军浩打个电话说说，让他明天给人家鲁婧瑶道个歉吧!”

“你给阿芬说说，”马军浩爸爸一脸不耐烦，“让她给军浩说一下。”

“我说过了，”李老师说，“可阿芬说，她管不住马军浩，说了没用。”

“远水解不了近渴。”马军浩爸爸耸耸肩，“阿芬说了都没用，我说就更没用了。”

笑妈气不打一处来，说：“马军浩爸爸！你怎么这样啊?”

“我怎么样?”马军浩爸爸反问。

“你……”笑妈说，“你的孩子做了错事，如果你不想办法让他明白，他还会犯，知道吗？如果听之任之，成了一种习惯，后果将不堪设想……”

笑妈本是机器人保姆，智能芯片里装有完整的教育理念，给马军浩爸爸讲起道理来，犹如长江之水，滔滔不绝。

“行了，行了。”马军浩爸爸打断她的话，“就这么大点儿事，不要给我讲大道理。”

“这不是大道理。”笑妈说，“这是育儿之道。”

眼见眼前这“一实一虚”两个孩子家长要吵起来，李老师连忙劝解：“好了，好了。你们可千万不要吵架。两个孩子有矛盾，已经够让我头疼的了，你们再吵起来，这官司我可断不清了！如果还要说这事，请两位都调节一下自己的情绪。”

笑妈和马军浩爸爸都沉默了一会儿。

“马军浩爸爸！”笑妈露出了微笑，声音也柔和了许多，“其实，我女儿也没有伤着，我们可以不让马军浩给我女儿道歉。但是，我觉得，你处理这件事的方式，是对儿子的一种不关心。”

林芳菲是空姐，受过专业训练，知道如何应付那些刁钻难缠的客人，笑妈受过女主人的训练，很快进入状态，换了一种态度和语气。

“我怎么不关心他了？”果然，马军浩爸爸说话没有刚才那么抗拒了。

“你和马军浩的妈妈长期在外地打工，”笑妈说，“一年只在春节回来一次，连家长会都不来，难道我说的不对吗？”

“不是还有阿芬陪伴他吗？”马军浩爸爸说，“虽然我们不能去开家长会，阿芬却代替我们去了。虽然马军浩有病时，我们不能陪他，可阿芬照顾得无微不至，比我们还好。”

“那不一样。”笑妈说，“保姆毕竟是保姆，孩子天生需要爸爸妈妈陪伴的！”

“还有，”马军浩爸爸说，“我们虽然回去得少，却给马军浩网购了很多智能玩具。有这些玩具陪伴他，他一点儿也不孤独。可以说，他想要什么，我就给他买什么，怎么能说我不关心我儿子？”

“这是不一样的！”笑妈叹口气，深深遗憾他不懂这个道理，“你们让智能玩具陪伴孩子，只能让孩子的心灵更加孤独！除非……”

笑妈突然住了口。

“除非什么？”马军浩爸爸问。

“除非是你或者妻子的分身仿真机器人。”笑妈联想到了自己的情况，建议道，“现在有分身仿真机器人的定制，你或者马军浩的妈妈，去定制一个分身仿真机器人，代替你们去建立和维持亲情……”

“哦!”男子颇有兴趣地问,“我也曾听说过现在有这样的高端智能产品!定制一个多少钱?”

“一百万左右吧!”笑妈说。

裸眼3D影像没有真人清晰,但笑妈和李老师还是看见马军浩爸爸的脸色变了变,然后听见他说:“我要是有这么多钱,还跑这么远来打工干吗?”

第十章　渴望团聚

去米兰留学后，林芳菲每年只在春节时回来一次。

大年三十早晨，鲁剑的手机接到了妻子林芳菲的信息："已上飞机，下午五点降落西安机场。"

就要团聚了，鲁剑心情激动而愉悦。虽说现在科技非常发达，只要避开女儿，他随时可以和妻子接通裸眼3D视频，身临其境地和妻子聊聊家里的事。可是，那毕竟是虚拟立体影像。家里倒还有一个"妻子"，可那是一个仿真机器人，她存在的目的是给女儿当妈妈，陪伴女儿，而不是他。

中国人春节有扫舍的习俗。院子里，笑妈正指挥着二愣擦窗户。二愣是鲁海、李秀荷老两口的僵壳机器人保姆，是个男性形象，干活毛手毛脚，但很勤快。每年春节，老两口都要带着二愣来儿子家过年。

往年，是僵壳机器人保姆笑妈带着二愣一起干活。今年，其实还是笑妈带着二愣干活，但他并不知道眼前这个美丽的"女主人"其实是变了身的笑妈。

"笑妈呢?"二愣问。

"坏了。"笑妈说，"放地下室了。"

"为什么不修好?"二愣问。

在二愣大脑芯片的存储记忆中，林芳菲春节期间从来没干过这些洗洗涮涮的事，她现在像变了个人似的。

“嗯……”笑妈的电子大脑飞快运转着，“我不上班了，在家专职带孩子，没有了收入，就节俭一点呗！修理笑妈要花钱哦！”

扫完舍，笑妈带着二愣去厨房做饭。

“芳菲！”鲁剑在客厅里喊，“你来一下。”

系着围裙的笑妈来到了客厅，问：“什么事？”

鲁剑透过一面巨大的落地玻璃窗望向院子里玩耍的女儿，说：“我妻子下午就要回来了，不能让婧瑶看见有两个妈妈，你跟我去地下室，春节这几天，把你的大脑芯片拔出锁抽屉里……”

“哦！”笑妈嘀咕，“女主人春节要回来啊？”

“中国人有春节团聚的习俗。无论外出工作还是上学，无论再远再忙，都是要回家过年的。”鲁剑说，“虽然之前我没有给你说过这事，但你应该知道这习俗的。”

笑妈有些失落，近半年来，她已完全进入女主人的角色，如痴如醉地享受着做妈妈的乐趣，无法接受鲁婧瑶的真妈妈回家过年。笑妈不想在春节这个中国人最重要的节日里缺席，和“女儿”鲁婧瑶分开。

可是，机器人必须服从人类的命令，无论多么不情愿，她也只能服从这种“身首异处”的过年方式——身体搁置地下室，大脑芯片锁抽屉里。

“鲁剑！”成为女主人后，笑妈已习惯这么称呼他，她还想争取到一些事情，“能不能把我的大脑芯插回千度 BM7 的脑袋里，让我以过去那个僵壳机器人保姆笑妈的相貌和身份出现，一方面，可以给家里干活，另一方面，可以和大家一起过年？”

“不行。”鲁剑斩钉截铁地说，“我告诉过婧瑶，笑妈坏了，修不好了，怎么能让过去那个你又复活呢？而且，春节一过芳菲还要走，你还要继续给婧瑶当妈妈，让笑妈过个年又坏掉，是不是太奇怪了？”

突然，鲁剑耸了耸鼻子，闻到一股子焦煳味儿，从沙发上跳起来，冲进了厨房。

二愣正站在水池边洗菜，灶头上的油锅已燃起熊熊大火，他居然吹着口哨，浑然不知。

鲁剑冲过去抓起锅盖，罩住油锅，将火盖灭。二愣这才转过头，奇怪地望向鲁剑问："你在干吗?"

"油着了！厨房都快点着了!"鲁剑怒气冲冲，"你不知道?"

二愣这才若有所思地点点头说："我说呢！怎么闻到了一股焦煳味儿!"

鲁海突然冲了进来，脱下鞋就去抽二愣的屁股。二愣尖叫着，一蹦三跳地逃了出去。二愣是鲁海从二手智能机器人市场买回的一个便宜机器人保姆，要么智能芯片版本低，要么智能芯片程序有问题，做事不操心，常出各种状况和洋相。

"我来吧!"笑妈走进来，去洗锅。

"奇怪!"鲁剑抬头望向厨房天花板，自言自语，"'智慧家庭'的大脑系统怎么没有报火警?"

万物联网的时代，每户中产阶级家庭都会在家里上线一套叫"智慧家庭"的智能系统。有五十四个摄像头，犹如家的眼睛；有五十四个扬声器，犹如家的嗓子；有五十四个监听器，犹如家的耳朵；有五十四个感应鼻，犹如家的鼻子。这些传感器，全部是隐形的，但却随时感知着这个世界，让这个家有了生命，犹如一头灵敏的巨兽，保卫着它的主人。

院子里的摄像头和监听耳，可以"看见"外人进来，"听见"异常脚步。如果发现来人不是家人，扬声器会喊叫："有陌生人进入！有陌生人进入……"摄像头还有人脸识别功能，如果鉴别出是有前科之人，还会向负责这个小区的警察的手机端报警。

厨房里的感应鼻，可以嗅出焦味儿，并通过扬声器告诉厨师："饭煳了！饭煳了……"

可是，刚才厨房里发生了火情，扬声器都没报警，自然会引起鲁剑的惊讶。

大年三十，下午那顿饭称为年夜饭，又叫团圆饭，是中国人一年到头团聚时吃的一顿饭，意味着除旧迎新。鲁剑、鲁海、李秀荷都盼着留学的林芳菲下午回来，吃这顿一年中最重要的饭。

年夜饭，笑妈是吃不上了，她今年的"最后晚餐"是午饭，似乎为了安慰笑妈，鲁剑让二愣把午饭也搞得很丰盛，好像给忙碌了一年的笑妈提前安排了一顿团圆饭。笑妈没有一点儿胃口，她知道下午她会被拔掉智能芯片，停止工作，已不需要吃进足够的食物发电，也就没有强迫自己去吃。

窗外，雷电式仿真电子鞭炮的声响不断，笑妈仿佛听到了女主人回来取代她的脚步声。她知道，还有四个多小时，她的大脑芯片将要被锁进抽屉里，接下来几天的普天同庆和欢声笑语与她无关。

“刚才厨房油锅着了，”鲁海也奇怪地问，“系统怎么没报警？”

“吃完饭，”鲁剑也纳闷，“我进入‘智慧家庭’的‘故障检测仪’看看。”

万物联网时代，屋子的四面墙壁都是电脑屏幕。饭毕，鲁剑用手在客厅墙壁上一碰，墙屏亮了起来，上面呈现出星罗棋布的图标，有墙屏管家、实用工具、社交软件、酷炫音乐……平时，这些图标都隐藏于墙壁的本色之下，碰触后墙屏亮起，图标才会显示。

鲁剑点击“智慧家庭”图标，再进入“故障检测仪’，系统提示“程序异常，疑似受到黑客攻击！”

“爸！”鲁剑盯着屏幕说，“‘智慧家庭’的程序出问题了，导致刚才厨房发生火灾不报警！”

鲁海走过来，望了一眼说：“疑似受到黑客攻击了……那你赶快用杀毒软件杀一下啊！”

鲁剑打开自带的杀毒软件操作一番，可是没有用，系统还是显示程序异常。

鲁剑给“智慧家庭”系统的售后打手机，希望他们来人看看，他们却回话春节已放假，年后再来。

“算了，”鲁海说，“年后再找他们吧！”

鲁剑这才注意到另一面墙屏上的五十四个监控画面也黑屏了，说：“这怎么行？春节几天的安全没有保障啊？”

“大过年的，小偷也在过年，就几天时间，不会有什么问题的。”鲁海不以为然地说，“我们那年代，没有什么‘智慧家庭’，不也好好的吗？”

“可是，”鲁剑又说，“‘智慧家庭’系统也不光是负责安保，家里的所有电器都由它来控制的，主控系统坏了，怎么过年？”

鲁海拿起茶几上的电视遥控器，按了一个键，打开了电视，说：“只要电视能看就行，还有遥控器可以手动开启嘛！”

“智慧家庭”系统控制着家里所有电器开关，平时开电视，只要主人喊一声“开电视！”电视就会自动开启。现在，系统坏了，就只有手动开启了。电视就是沙发正对的那面墙屏，正在播放着有关春运的新闻——全世界各大机场都挤满了准备回国过年的中国人，春运已成为一个世界级迁移现象，大年三十让全世界的机场都充盈着喜气洋洋的热闹气氛。

“爸！”鲁剑还是忧心忡忡，“其他的智能产品都不要紧，可以手动操作。可是，安保系统没有了，挺操心的！贼不一定过年啊！谁说贼一定过年？”

鲁海不说话了。

“鲁剑！”笑妈突然想起了什么，问，“我听说智能体的智能芯片可以通用。也就是说，机器人的智能芯片也可以插进‘智慧家庭’系统的插孔里工作，是吗？”

“是。”鲁剑不知道笑妈为什么问这个，“只是智能体的硬件不一样，有些功能不匹配，但不影响匹配的功能。”

“鲁剑！我想和你商量一件事……”笑妈望着玻璃窗外玩耍的鲁婧瑶，“女主人下午就要回来了，我不想让你把我的大脑芯片拔出来锁进抽屉里，我想和大家一起过年，一起团聚，能不能把我的芯片拔出插进‘智慧家庭’插孔里？这样，我就可以通过摄像头看着婧瑶，看着一家人过年，通过感应鼻闻着年夜饭的香味，通过监听耳聆听鞭炮声响……当然，我不会用扬声器和你们说话，以免让婧瑶感到奇怪。同时，我会担负起‘智慧家庭’的安保责任，防火防盗，有任何突发事件，我都会第一时间报警。”

听了笑妈的话，鲁剑瞠目结舌，鲁海连称荒唐，李秀荷则感慨这个机器人妈妈对小孙女的舐犊情深。虽说如今的智能体芯片可以互插互用，但如果两个智能体硬件差别太大，很多功能不匹配，发挥不出来作用，很少有人会去把一个机器人的智能芯片拔出，插进“智慧家庭”这样一个智能系统中去的。

“你真的想那样和我们一起过年？”鲁剑诧异地问。

笑妈点点头，眼睛里噙着泪花。

过去是僵壳机器人时，笑妈没有流泪设计，伤心时只会干号。现在，有了人造泪腺，情境可以激活流泪系统，动情时和人类一样泪如雨下。

“好吧!”鲁剑心中柔软的部位被击中了。

一则，笑妈真情流露，感动了他；二则，他正苦恼“智慧家庭”系统的安保作用失效，会给家庭带来隐患。笑妈自告奋勇，要充当家庭卫士，可解春节期间安保之忧。

笑妈破涕为笑。

如今，笑妈已熟练自如地掌握了所有复杂的表情。经过长期不懈的训练，笑妈的一颦一笑越来越像妻子，有时候，他甚至忘记了真正的妻子在意大利留学。

趁鲁婧瑶不注意，鲁剑把笑妈带到地下室。

墙角，蓝色的塑料布罩着立起的一物，那是笑妈过去的躯壳——千度BM7。笑妈喃喃道：“哦！我又要变身了！上次变身为女主人，这次要变身为女主人的……智慧家庭!”

“记住!”鲁剑最后一次叮咛，“‘智慧家庭’系统只在安全出现问题需要报警时才说话，所以，过年几天，你不要跟我们任何人说话，以免被婧瑶听见产生疑问。”

“嗯。”笑妈点头。

鲁剑让笑妈站在她过去那具躯壳旁边，右手插进她一头秀发中，从头旋处一个秘密小孔里拔出一个小芯片。

用另一块蓝色塑料布盖好妻子的仿真机器人身体后，鲁剑攥着芯片走上了地下室的台阶。

回到客厅，鲁剑打开墙角一个隐秘的圆形塑料盖，把芯片插进了里面的一个小孔。

第十一章　智慧家庭

笑妈在另一套操作系统里苏醒了过来，她找不到自己的身体，但她肯定有眼睛，因为她能清楚地看见很多地方：客厅、厨房、健身房、前院、后院、池塘……她记得刚才和鲁剑说的每一句话，知道自己的大脑芯片被插入了“智慧家庭”插孔中，驱动着一座大宅院的智能系统，眼睛就是摄像头，嘴巴就是扬声器，鼻子就是感应鼻，耳朵就是监听器。

开始，笑妈觉得自己没有身体，像是一个飘荡在屋里屋外的灵魂，慢慢地，她感觉到整幢大宅院就是她的身体，只不过，不像机器人的身体可以动。

没有手脚，让笑妈无法拿东西，无法走路，很不习惯。这也是笑妈的智能芯片和“智慧家庭”系统不匹配的地方。不过，也有匹配的地方，芯片里操控机器人“眼嘴鼻耳舌”五官的程序，可以操控“智慧家庭”的“眼嘴鼻耳”四官，而且是五十四只“眼睛”、五十四个“嘴巴”、五十四个“鼻子”、五十四只“耳朵”，即五十四个摄像头、五十四个扬声器、五十四个感应鼻、五十四个监听器。

这很酷，家里无处不在的这些传感器，让笑妈既能看见前院放鞭炮的鲁婧瑶，又能看见后院干草中跑过的一只老鼠……既能听见客厅里的电视声，又能听见二愣干活时的抱怨声……既能嗅到厨房里煮肉的香味，又能嗅到院子里那一树梅花的清香……

客厅里，鲁海望着墙屏上的电视，《新闻联播》正在播放着国内和国外关于春运的新闻：陆上，超速高铁、磁悬浮火车、真空管道列车、太阳能无人驾驶汽车……天上，能坐三千人的大飞机、艇状飞行器……水里，超空泡船……还没有来得及回家的人们、僵壳机器人、仿真机器人，拥挤在海陆空的运输站里，翘首等候，春节的气氛弥漫到了世界各地的角角落落。

厨房里，二愣正在准备年夜饭，他虽然做事马虎，烹饪手艺却没有问题，笑妈的感应鼻嗅到了刚刚出锅的卤肉香味。笑妈想用扬声器夸他两句：“二愣！手艺不错！”但她没有说话，她答应过鲁剑，除过安保出现问题外，她不说话。

笑妈在院子里的“眼睛”目不转睛地注视着正在放鞭炮的鲁婧瑶。这两天，她忙于备年货，洗衣扫舍，没顾上陪“女儿”，这会儿才闲下来，用隐藏在屋檐上的一只摄像头，静静地看着鲁婧瑶。如果摄像头也有神情，现在一定散发着温柔和爱怜的光芒。

笑妈在院门外还有两个摄像头，这两只“眼睛”用来监控大门外的安全。

下午五点十二分，笑妈看见鲁剑的无人驾驶越野车驶了回来。她知道，鲁剑把林芳菲接回来了。

两边车窗降下，鲁剑和林芳菲一左一右把脸微微伸出一点儿，让摄像头扫描。

按照“智慧家庭”系统的程序，如果有车来到门口，车上的人必须让摄像头扫描脸部，进行人脸识别后，才能进门。

电动院门缓缓开启……

车驶进时，林芳菲朝隐形摄像头的方向微笑了一下，似乎鲁剑已经告诉了她那是笑妈，林芳菲在和笑妈打招呼一样。

离别已久，笑妈很想问候女主人一声，但那违反她和男主人的约定，便忍住没有出声。

车停在了泊车位上，鲁剑和林芳菲一左一右跳下了车。

笑妈看见女主人穿着一身黑色针织连衣冬裙，左胸钉珠，刺绣打底，典雅雍容，气质非凡。笑妈还嗅到了古驰香水的味道，那是一个意大利品牌。

林芳菲看见正在院子里玩耍的女儿，跑过去，抱起了她，欣喜地亲了又亲。

鲁婧瑶怔怔地望着妈妈，感觉有点儿奇怪——才一下午没见，至于这样吗？

“妈妈！”鲁婧瑶奇怪地问，“你下午和爸爸去哪儿了？”

“去……街上了。”林芳菲说。

“妈妈！”鲁婧瑶诧异地望着妈妈身上，“你什么时候换了一身新衣服？真漂亮！”

鲁婧瑶记得中午妈妈穿的并不是这件衣服，而且也从来没有见过她有这身衣服。

“我和你爸爸去商场买新衣服了……”林芳菲撒谎道，“对了，要过年了，我给爷爷、奶奶、爸爸、你，还有二愣，都买了新衣服。”

“真的吗？”小女孩都喜欢新衣服，鲁婧瑶高兴地拉着妈妈的手说，“我想看看！”

“芳菲回来了！”李秀荷走了出来，高兴地迎了上去。她的身后是鲁海和二愣。

李秀荷紧紧拉住了林芳菲的手，再一次让鲁婧瑶觉得诧异——今天家里的人怎么都这么奇怪？妈妈上了趟街，一会儿没见我，激动得亲我！奶奶一会儿没见妈妈，激动得拉她的手！

一家人簇拥着林芳菲进了屋，欢声笑语响彻整幢小楼，好像她上街给家里立了一件什么大功劳一样！

林芳菲走进客厅时，身后一直滚动着一个大号智能行李箱。一阵寒暄后，林芳菲从箱子里掏出一件件新衣，分别递到大家手里，人人都有，连二愣都不例外。林芳菲给女儿穿上了一件洋气的红色小棉袄，屋里顿时多了一只飞舞的红蝴蝶。

“吃年夜饭喽！”李秀荷招呼大家进了餐厅。

觥筹交错，喜气洋洋。

通过餐厅里的一只摄像头，笑妈看见林芳菲不停地给鲁婧瑶夹菜，时不时和女儿窃窃私语。这些亲昵的小动作很快引起了笑妈的强烈嫉妒，笑妈有些后悔自告奋勇，钻进这样一个无时无刻都能看见林芳菲、鲁婧瑶母女亲近的系统里，还不如让她的大脑芯片锁在抽屉里。

吃完年夜饭，像所有中国人家庭一样，一家人围坐在客厅沙发上，等待观看春晚。往年，笑妈会坐在主人们身边一起看。今年，她通过天花板上的隐形摄像头观看。

晚上八点，随着电视里锣鼓喧天的音乐，四男四女八位主持人光彩照人地走上了舞台。八位主持人都非常有名，是电视节目里的熟面孔。笑妈知道，其中最帅气最漂亮的那一男一女是仿真机器人主持，他俩冰雕玉琢的脸上，连一丝瑕疵都没有。

又一年过去了，尽管有精湛的妆容，还是可以看出其他六位人类主持人多多少少显老了一些，而仿真机器人主持的容貌丝毫未变。

即将来临的是马年，第一个节目叫“万马贺春”，二十四或黑或白或棕的骏马奔腾上台，仰脖嘶鸣。开始时，骏马神态各异，步伐不一，大家都以为舞台上是二十四真马，当灯光一闪，众马整齐地跳起了踢踏舞时，大家才知道全部是仿真机器马。

每年春晚，笑妈最喜欢看的节目是相声。晚上十一点，笑妈最喜欢的两位相声演员出来了。

一番妙语连珠的逗趣，惹得一家人哈哈大笑。笑妈拼命忍住不笑，但还是笑出了声。如果有手，她可以用手捂住嘴。可是，她没有，那声音从天花板上飘下，显得极为突兀。

鲁婧瑶仰起头，望向上方，奇怪地问：“妈妈！我怎么听见有笑声从屋顶发出?”

“不可能。”林芳菲当然知道怎么回事。

“可能是电视里的观众在笑吧！”鲁剑赶快掩饰，“我们家电视有立体环绕音响，有时候，声音会从屋子的各个地方发出。”

鲁婧瑶还小，爸爸说什么她都信，不再纠结这事。鲁剑抬头望了一眼天花板，似乎在说：“不要发声！”

已近午夜，鲁剑拉着鲁婧瑶出去放鞭炮，笑妈在院子里的几只“眼睛”看见鲁剑站在一棵矮树下，拆开包装，把长长的一串鞭炮挂在了树杈上。

新年的钟声响起，万炮齐鸣，震耳欲聋，笑妈在院子里的几只“耳朵”都快被震聋了。直到凌晨一点，讨厌的鞭炮声才慢慢零落，归于寂静。

当人们渐渐进入梦乡时，“智慧家庭”系统的所有“眼嘴鼻耳”还在工作着，笑妈彻夜驱动着她的这些传感器，全方面地监控着宅院的安全。

大年初一。

大人们早早起床，坐在客厅里包饺子。

天花板上，笑妈的“眼睛”俯视着他们，见大家欢声笑语，喜气洋洋，笑妈好想有两只手，也参与其中。

鲁婧瑶穿上新衣，提着一塑料袋鞭炮，去院子玩儿。

不知不觉，鲁婧瑶来到了屋后的荷塘。

冬日的荷塘水面，结下一层不薄不厚的冰，夏日的喧嚣全部被冰封了起来，直到鲁婧瑶的脚步声和鞭炮声传来，才打破了这份寂静。

鲁婧瑶踩到了冰面上，去滑冰。

塘心亭的盖檐上有一个摄像头，笑妈通过它望着冰面上的鲁婧瑶，隐约感觉不安——鲁婧瑶越滑越带劲，渐渐滑向荷塘冰面中心。而笑妈知道，冰面都是边缘较厚，中心较薄。

“冰面危险！禁止滑冰！”笑妈模仿着“智慧家庭”平时报警时的声音喊道，“冰面危险！禁止滑冰……”

笑妈和鲁剑有约定，不能在过年期间说话，尤其不能在鲁婧瑶面前说话。但是，“智慧家庭”担负着家里的安保工作，如果突发安全事件，她可以说话——警示或者报警。

可是，已经晚了，鲁婧瑶刚要转身回塘边，脚下“咔嚓”一声响，冰块突然裂开……

“快跑！”笑妈惊叫。

鲁婧瑶已来不及跑，扑通一声落入水中。

刚要张口喊救命，又被迅速涌入口鼻的冰冷塘水呛住。

她拼命在水里扑腾，想要抓住破裂的冰沿，可是那冰像饼干一样酥脆，根本撑不住她身体的重量，咔嚓咔嚓随着她一起沉入水中。

作为鲁婧瑶的妈妈，笑妈现在没有手脚，无法上前施救，她用客厅天花板上的一个扬声器大喊："婧瑶掉池塘里了！婧瑶掉池塘里了……"

客厅里正在包饺子的一家人大惊失色。

鲁剑第一个跳起来，奔向屋外……

第十二章　女主归来

时光如梭，四年很快过去了，林芳菲留学归来。

笑妈知道女主人回来意味着什么，惶恐不安，颇为失落，情绪上的波动远远超过了之前几年春节女主人回来那次。毕竟，那只是女主人回来过个年，而这次，女主人学业已成，将要回国生活。

这将意味着，笑妈给鲁婧瑶当妈妈的任务已经结束，她将回归过去的身份和生活。

男女主人在客厅里互诉着离别之情，笑妈感觉到了自己的多余，钻进了自己的屋里。

不一会儿，有哭声从笑妈的卧室里传出，林芳菲和鲁剑对视一眼。

“怎么回事?”林芳菲问。

“她……”鲁剑说，“可能不想失去女主人的身份!”

“我觉得，更可能是不想失去妈妈的身份!”林芳菲若有所思。

夫妻俩推门进去，看见笑妈坐在自己的床边，哭得梨花带雨，瘦弱的双肩不停耸动。笑妈穿着一身白色的V领荷叶袖连衣裙，充满了夏日田园风的素净典雅，那也是林芳菲衣柜里她最喜欢的一件夏裙。

望着另一边女儿床头墙上贴满了的奖状，林芳菲感激地说：“笑妈！感谢你四年来帮我担负起一位母亲的职责，把婧瑶教育得这么优秀！我知道你舍不得妈妈这个身份，可是……现在，我回来了，家里不能有两个妈妈啊！”

“早知如此，何必当初？”笑妈唉声叹气，用了一句人类名言。

“不能这么说。”鲁剑说，“你们机器人就是为我们人类服务的，你们的命运由我们来安排，这是很正常的事。”

“你们人类为什么要赋予我们机器人情感？”笑妈愤愤不平地说，“四年前，你们给我一个女儿，让我当了妈妈，如今，我们母女情深，你们又要剥夺我做妈妈的权利……你们不觉得这很残忍吗？”

鲁剑和林芳菲无言以对。

良久，鲁剑说：“笑妈！下午让林芳菲去接婧瑶吧！你非常圆满地完成了使命，我们准备恢复你原来的保姆身份。现在，我们去地下室。”

笑妈低声啜泣，跟鲁剑来到了地下室，来到了千度 BM7 机器人保姆躯壳前。鲁剑让笑妈靠墙而立，擦掉了她脸颊上的眼泪，伸手摸向她的浓发，拔掉了头旋处小孔里的智能芯片，插回了原来那具笨重躯壳的脑袋里。

林芳菲也跟了进来，把保存了四年的电池装进千度 BM7 的腹仓，机器人保姆动了起来——笑妈的“生命”没有消失，只是从一个美丽曼妙的皮囊里回归到了原来那个笨拙高大的金属躯壳中。

低头望望自己笨重的身体和粗大的手脚，抬头望望正冲她微笑的男女主人，笑妈感觉自己回到了过去，回到了四年前。如果不是接着看见靠墙而立的女主人的分身仿真机器人，笑妈恍若从来没有在那具躯壳里存在过。

“走走看！”鲁剑指挥道，“还习惯吗？”

笑妈走了两步，那轻盈的步伐荡然无存，嗵嗵两声，脚步沉重而拖沓，关节还发出吱吱声响，似乎久未行走，某些部位已经生锈。

“我……我以后……”笑妈哭了起来，“再也……再也跳不成舞了……呜呜呜……”

变回僵壳机器人后，笑妈没有了过去的人造泪腺，哭起来只能干号，猿啼一般。

“怎么能够跳不成舞了呢？”鲁剑安慰道，“有一种机械舞，最适合你跳了……好了，好了，别哭了，你该去厨房做饭了。芳菲！你刚下飞机，休息吧，我去幼儿园接婧瑶。”

“我一直在飞机上睡觉，不累。”林芳菲说，“我去接。”

来到小鸭子幼儿园时，李老师已带着学前班的孩子们等候在了大门口，林芳菲一眼就认出了站在队伍中的女儿鲁婧瑶，和李老师打了个招呼，就迫不及待地把女儿拉出了队伍。

走到一个拐角，林芳菲抱起女儿就亲。鲁婧瑶感觉到妈妈和平时有点儿不一样，但她当然不知道下午来接她的妈妈已不是早晨送她的那个“妈妈”。林芳菲保养得非常好，四年过去，她基本没有变化，这也保证了林芳菲的分身仿真机器人计划的圆满完成。

林芳菲母女回到家时，笑妈已做好饭，并端上了餐桌。

望着家里多了一个身材魁梧的僵壳机器人，鲁婧瑶惊讶地问：“妈妈！家里新买了一个机器人保姆吗？”

笑妈把鲁婧瑶抱到三岁，才“变身”为林芳菲替身的。可是，小孩子对三岁以前的记忆都很模糊。

“她叫笑妈！”林芳菲介绍道，“你上幼儿园以前，都是笑妈在带你。后来她坏了，被我们放在了地下室。今天早晨，我们让人把她又修好了。”

“笑妈！”鲁婧瑶问，“以后妈妈不做饭了，你给我们做饭，是吗？”

“是。”笑妈机械地点点头。

她真想说，从你出生起，这个家的饭一直是我做的。

“妈妈！”鲁婧瑶是个非常懂事的孩子，高兴地说，“以后你就不用那么辛苦了！”

“以后妈妈就要上班了，”林芳菲说，“还会很辛苦的，只是要在外面辛苦了。”

“我不想让妈妈那么辛苦！”鲁婧瑶抱住了妈妈。

至此，分身仿真机器人计划圆满完成，天衣无缝——林芳菲留学四年，没有陪伴女儿成长，却收获了女儿最真挚的情感。

鲁婧瑶也从小鸭子幼儿园毕业了。暑假里，林芳菲一面向西安各大服装设计公司投递简历，应聘工作，一面带着女儿去欢乐谷、动物园、科技馆游玩，以弥补过去四年没有陪伴女儿成长的遗憾。

九月一日，鲁婧瑶在秦才小学上了一年级，是寄宿制学校，一周回来一次。

有了米兰服装设计学院的毕业证书，林芳菲很快应聘到了美达坊国际服装设计公司西安分公司工作，忙忙碌碌，起早贪黑。

鲁剑还和过去一样忙，隔三岔五不在家。

男女主人早出晚归，小主人住了校，屋子里、院子里空荡荡的，静得像一座陵园。突然之间，笑妈从一个大忙“人”变成了一个闲“人”。

往日主人们不在家时，笑妈会打扫一下院子里的卫生。可是今天，尽管院子里积有落叶，笑妈却视而不见——自从她失去了妈妈的身份，自从鲁婧瑶住校后，她变得越来越孤独，对外界事物反应也很迟钝。

在中国古人的诗词里，秋天是最容易令人感怀的，工程师们在编写机器人的情感算法时，也把这些触景伤怀的场景作为激活数字情感的诱因纳入其中。

秋风瑟瑟，树叶飘零。站在院子里，落叶令笑妈怅然若失，感伤起了自己奇特的身世，禁不住吟起了一句古诗：“早秋惊落叶，飘零似客心！”

机器人的智能达到什么程度，才会让人类相信他们是有意识的？近些年，很多人工智能科学家认为，赋予智能情感，是唤起机器人自主意识的最佳方式。于是，编程师们疯狂地编写出各种各样的情感算法，用神经网络的模式，用量子计算的速度，模拟出了人类的情感，用大数据和深度学习，反复训练这些情感算法在各种情景场合下的应用，令智能情感最大限度地接近人类。

和人类的情感一样，智能情感如果受挫，也会伤害到人工智能自身。

一些昔日温馨的画面反复回放于笑妈的大脑芯片中：

也是一个秋天，院子里的树木像集体染了金黄色的头发，只有屋前一排冬青树还是绿的，笑妈正拿着一把大剪刀修理它们参差不齐的绿发。那时的笑妈明眸皓齿，身材曼妙，拥有林芳菲分身仿真机器人的身体，虽然干着繁重的家务，却拥有女主人和孩子妈妈的身份，这让她对生活充满了更多的希望和期待。

不远处，四岁的鲁婧瑶蹲在地上捡树叶，她晶莹透彻的眼睛里闪闪发光。

“妈妈！”鲁婧瑶兴奋地喊，“这些树叶好漂亮！”

“你收集一些！”笑妈说，“可以做书签！”

“什么是书签？”鲁婧瑶问。

“书签就是你书读到一页想休息时，”笑妈解释道，“把一个东西夹在那一页，下一次好找到这个地方继续阅读。”

“我知道了，”鲁婧瑶说，“有了书签，晚上，妈妈给我读童话书时，就不用折书了。”

…………

笑妈的大脑芯片里又跳转出了另一幅画面：

一间屋子里，笑妈睡在左边的一张床上，手捧一本《安徒生童话全集》朗读着，右边的一张小床上，侧卧的鲁婧瑶聚精会神地听着……

窗外，一轮明月悬挂在树杈上……

…………

笑妈当妈妈时的这些美好记忆，平时储存在她的大脑芯片里，处于休眠状态，今天突然被激活，在她大脑芯片里反复播放。

失去妈妈身份的机器人，和一个失去妈妈身份的女人一样，变得多愁善感，容易触景伤情。

整整一天，笑妈就这样失魂落魄地陷入回忆之中。

第十三章　智能教室

柴贵芬老师并不喜欢带班，虽然班主任的工资比一般老师每月多几百元，也就是多了个操心费，但是代价是操碎了心。

柴老师尤其不喜欢带一年级，这些刚从幼儿园出来的小不点儿，思想还停留在幼儿园时期的玩耍阶段，自律性差，叽叽喳喳，没有至少一个月的整顿，根本就没有办法上课。

还没走进一(3)班教室，柴老师就听见了类似自由市场上的嘈杂声，好像教室里忙碌着一千个菜贩和一千个买菜大妈。

走上讲台后，柴老师以为自己，面含怒气，会迅速让教室安静下来，可是，效果甚微，要说有效果的话，也就是一千个买菜大妈走了一百个。

啪！柴老师的右掌重重拍在了讲桌上，那是一张金属外壳的电脑讲桌，桌面是一张未启动的液晶显示屏。

除了一名男生还在教室里疯跑，其他学生都迅速就近坐下，安静了下来。这名男生又黑又瘦，眼神闪烁，一看就是个调皮的熊孩子。

“你叫什么名字?”柴老师板着脸说，“没看见老师进教室了吗?”

男生这才在就近一个空座位坐下。

这是一间智能教室，讲台上的电脑讲桌叫智育讲桌，是老师的教学助手。教室里有四十八张电脑课桌，叫智育课桌，单人单桌，互不挨着，六横八竖地排列着。

男生坐下后，发现柴老师还望着他，脑袋一偏，望向窗外。

“你叫什么名字?”柴老师再次问。

男生不吭声，表情倔强，一副我不回答你能把我怎么样的表情。

柴老师手指在智育讲桌的触屏上一点，桌屏倏地一亮。几乎同时，她身后的墙屏也一亮，那是一面长长的电子黑板。

新学期刚开始，整顿纪律是第一要务，对于这种目无尊长的学生，问他话不理老师，就这么随随便便过去，以后如何管理班级？柴老师说：“名字还保密？想当特工是不是？那就让我来查查你的身份吧……智育讲桌！请把第三排左数第五个座位的男生档案给我调出来!”

“好的。”智育讲桌发出了一个声音，“柴老师!”

那是一位中年男人的语音，声线沉稳。这么设定，显然是为了让教室更有威严感。

天花板上的六个隐形摄像头，同时瞄向那男生，准备对他进行人脸识别。男生居然知道智能教室的套路，用双手捂住了脸，看样子准备和柴老师对抗到底。

不过，男生捂脸并没有用，智能识别发展到今天，除了传统的人脸识别，还有脑袋识别、肩胛识别、手指识别……在男生来秦才小学报名的那一天，他的所有幼儿园学习档案，包括身体特征档案，全都上传到了秦才小学招生办的电脑上，随即又传到了男生所在的一(3)班的智育讲桌里，以便班主任老师管理。

小男生站在幼儿园滑滑梯边咧嘴坏笑的照片出现在了柴老师身后的电子黑板上，旁边还配有文字：“马军浩，男，2035 年 5 月 6 日出生，2038 年至 2042 年就读于西安市建国路小鸭子幼儿园，该同学好玩好动，上课爱低头做小动作，酷爱智能玩具……”

“原来是叫马军浩啊!”柴老师说。

同学们笑了起来。

“同学们!”柴老师用手点了一下讲桌触屏上的一个图标，“智育课桌正在启动中，请按上面的提示进行注册！”

原来，今天是上学第一天，小学生们都是自己乱坐着，只有在智育课桌上进行注册和认证，才能成为自己的课桌。

几乎同时，同学们看见自己面前的桌屏亮了起来，闪出一行字：“欢迎来到一(3)班！我是你的学习助手智育课桌。不过，你需要一系列注册认证程序才能和我达成这项协议哦！”

智育课桌的触屏不停地闪烁，变幻着操作步骤，智能环境下长大的孩子，闭着眼睛都能操作这些简单的程序，只见孩子们的手指飞快地在屏幕上点击着，时而长按一个手指图标，录入指纹，时而把脑袋凑近桌面让人脸识别软件扫描自己的脸庞，时而点击着“同意”和“确定”……

坐在第四排靠墙处的鲁婧瑶操作完所有程序步骤后，看见智育课桌屏幕上闪出一行字：“你好！鲁婧瑶同学！祝贺你注册成功，你的身份已和我的系统进行了绑定，以后你就是我的小主人啦！非常荣幸在新的学期能陪伴你学习和成长！”

类似的声音此起彼伏，不到三分钟，所有同学都注册好了自己的智育课桌，教室归于宁静。

“我姓柴，叫柴贵芬，是你们一(3)班的班主任。”柴老师这才进入主题，开始训话，“这是一间智能教室，天花板上有六个隐形摄像头全课时、全方位对你们进行扫描，而且会自动化重点对那些调皮捣蛋的学生进行监督，请大家遵守课堂纪律。如果有哪位同学认为，老师走上了讲台你还可以视而不见继续在教室里乱跑的话，我认为，他的思想还停留在幼儿园时代。现在，你们已是小学一年级的学生，已不是幼儿园里那个纪律散漫的小不点儿，已不是那个还可以在妈妈或者机器人保姆怀抱里撒娇的宝贝。我希望所有同学都能很快进入一年级学生的角色！咳咳……”

柴老师干咳了两声，似乎嗓子不舒服。智育讲桌侧面缓缓伸出一只金属手臂，握着一杯冒着热气的茶水，递向了柴老师。十位老师，九个咽炎，几乎所有品牌的智育讲桌都有这个爱心小设计。

“我的这个讲桌叫智育讲桌。”喝了一口水，柴老师继续介绍道，“它是一张多功能智能电脑讲桌，是这个教室的中枢神经系统，不但起到教科书和教案的作用，还有出题、阅卷、纠错、评估等功能，还能对班级管理提出很多建设性意见……"

柴老师又介绍了智育课桌的功能，告诉同学们，它不仅仅是课桌，还是同学们的教科书、作业本、文具盒……

"我们现在来安排班干部!"柴老师说，"幼儿园里，班干部都是由老师来指定的，上小学后，班干部将由人工智能进行推荐，也就是由智育讲桌进行推荐……"

"我们才上第一天学，"一个小胖子插嘴说，"智育讲桌又不了解我们，怎么推荐?"

"你叫什么名字?"柴老师瞪了这小胖子一眼。

"郭景仲。"小胖子说。

"郭景仲同学，你记住了，"柴老师说，"以后发言前要先举手，老师让你说话，你才能说话，而且要站起来说。你的每一次小违纪都会被你的智育课桌进行记录，学期结束时汇总上传到智育讲桌里，而你们的学生手册里，不仅仅有'老师评语'这一栏，还有'智能评语'这一栏。"

柴老师话音刚落，同学们齐刷刷地坐直了身子，似乎生怕由于坐姿不正而被自己的课桌记上黑账。

"好！现在我来回答郭景仲同学刚才的问题。"柴老师说，"虽然今天是同学们第一天上学，但并不影响智育讲桌对同学们的了解。各位同学报名时，每一位同学的档案资料都上传到了这张智育讲桌里。所以，它对在座的每一位同学都很了解。下面，将由智育讲桌对每一位同学在幼儿园的表现进行科学、全面的分析，提出班干部人选，进行人工智能推荐。这种推荐方式将更公平、更科学、更完美。当然，我们每年还要根据大家的表现，进行换届选举。智育讲桌！请先推荐班长人选!"

同学们都竖起了耳朵，作为一年级新生，可以不知道校长是谁，但不能不知道班长是谁。

智育讲桌那威严的男子声音又响起："现在，我宣布……一(3)班的班长是来自西安市建国路小鸭子幼儿园的鲁婧瑶同学！”

一(3)班的同学们来自不同的幼儿园，很多同学互不认识，大家正东张西望，寻找着鲁婧瑶是谁时，柴老师身后的电子黑板大屏幕上播放起了鲁婧瑶同学的相关视频，同学们对比搜寻，才看见鲁婧瑶是坐在第四排靠墙处的那名安静的漂亮小女生。

鲁婧瑶的脸微微红了起来，感觉到很多双眼睛都聚焦到了她身上。

视频里播放着智育讲桌推荐鲁婧瑶为班长的理由：“……她是一名德智体全面发展的女生，思维敏捷，学习刻苦，所学的知识能够举一反三，学习成绩从幼儿园小班起就名列前茅！她助人为乐，有责任心，有正义感！她多才多艺，多次参加小鸭子幼儿园的歌曲大赛……”

大屏幕上不停变换着鲁婧瑶上幼儿园时的一些掠影，有她抱着一摞本子收作业时的情境，有她捧着奖状站在讲台上领奖的片段，有她在“六一”儿童节舞台上表演节目的镜头……

第十四章　冤家路窄

马军浩是一个调皮蛋儿，上课不听讲，串座位，做小动作，交头接耳，就像一个上了发条的超大玩具猴子，消停不下来。

不过，他很快就受到了惩罚，智能教室天花板上的隐形摄像头，把他所有的违纪行为都录了下来，并上传到了智育讲桌上，被柴老师点滴不漏地掌握。

刚开学的一个月，马军浩时常被柴老师叫到办公室训话，罚站，写检查。马军浩发现小学老师比幼儿园老师厉害，不吃他那一套，有点儿害怕，慢慢地，收敛了许多，不敢在教室违纪。

马军浩好动的本性并没有改变，只是换了“战场”，从教室转移到了操场。

“智慧学校”和“智慧家庭”一样，有一个智能大脑系统，除了担负着智能教育的功能，还担负着学校的安保责任。操场上有很多隐形摄像头，如果遇到突发事件，系统会以蓝天为屏，把裸眼3D立体影像视频上传到天空中，让所有人看到，以示警戒。但如果是一些小违纪，系统就会“视而不见”地冷处理。马军浩就是那种“大错不犯，小错不断”的调皮蛋儿。所以，他认为操场是他的乐土，有他的生存空间。

一下课，马军浩就跑到操场去玩儿。

不时有外班的同学来柴老师这儿告状：

“柴老师！你们班马军浩摘花坛里的月季花……”

“柴老师！马军浩向我吐唾沫……”

“柴老师！马军浩把泡泡糖黏在了我身上……”

…………

柴老师脑子都快炸了，自习课，她把马军浩叫到办公室，说这些事，结果马军浩一件都不承认。

过去，在教室里的违纪行为，马军浩全部承认，因为教室里的监控资料由智育讲桌控制，柴老师又是讲桌的主人，随时可以调取监控。而在操场上的违纪行为，马军浩就不承认。他知道，柴老师不可能因为这些小违纪，去把外班告状的学生叫来做证，也不可能为这些与安保无关的事，说服门卫室的机器人保安为她调取监控。

突然之间，柴老师发现，既然人工智能把马军浩没有办法，还得辅以传统的管理方式。

自习课，柴老师把马军浩叫到了办公室。

“马军浩！”柴老师说，“明天，让你爸爸或者妈妈来学校一趟。”

“我爸爸和妈妈都在外地打工。”马军浩说。

“那……”柴老师颇为意外，“你家里还有谁？谁管你？”

“保姆阿姨。”马军浩说。

“机器人？”柴老师问。

“嗯。”马军浩说。

为了证实马军浩的话，柴老师用办公室的桌屏电脑进入“一（3）班学生家长档案”，查询了马军浩家长的状况，发现确实如此。信息时代，学校为每一位学生建立起了翔实全面的档案，甚至连学生爷爷奶奶的情况都可以查询到。

柴老师陷入了沉思，似乎明白了马军浩身上的毛病为什么这么多。如今，智能教育成了当下社会一个颇具争议的话题：一方面，从带娃到教学，人工智能全程渗透，为教育立下了汗马功劳；另一方面，这也导致了人类对孩子陪伴的减少，出现了猝不及防的新问题。

柴老师把鲁婧瑶叫到了办公室。

“老师!”婧瑶问，“什么事?”

鲁婧瑶注意到柴老师一脸怒气。

“鲁婧瑶!”柴老师说，“咱们班的马军浩，天天给我在操场上惹事……你是班长，从今天起，下课后，你给我注意一下马军浩，如果他去操场，你跟着去，如果他有什么调皮捣蛋的行为，你马上给我制止!”

“是。”鲁婧瑶说。

过去，柴老师叫鲁婧瑶来办公室吩咐任务，都是班级的事，大家的事，只有这次，是某一个同学的事。但，鲁婧瑶丝毫不敢怠慢，她从柴老师生气的脸色和凝重的神情，可以看出柴老师对这件事的重视。

下午，第一节课下后，鲁婧瑶看见马军浩又飞奔向了操场，便也跟了出去。

马军浩跑到学校操场尽头的高墙边，双手拢成喇叭状，朝墙外一棵大树上喊了一声：“鸽子！下来!”

只见扑棱棱一阵振翅声，一只雪白羽毛、黄嘴黄爪的鸽子降落在了马军浩肩膀上。鲁婧瑶颇感惊讶，她只知道训练过的狗能听懂一些人话，还没听说过鸽子也能。

马军浩从校服裤兜里掏出一把玉米，摊开手掌，鸽子跳到他臂腕上，啄起了玉米粒。

“马军浩!”鲁婧瑶说，“老师说过，不能把宠物或者玩具带到学校来，谁让你把鸽子带到学校来的?”

马军浩吓了一跳，这才看见他们班上的漂亮班长鲁婧瑶站在一边。

“我没有把鸽子带到学校,”马军浩不以为然，“是它自己飞进来的。”

“是你叫它的,”鲁婧瑶说，“我看见了。”

“少管闲事!”马军浩说，“机器人班长!”

上幼儿园时，马军浩嫉妒鲁婧瑶的聪明和漂亮，在班上传播她是仿真机器人女孩的谣言，惹哭了鲁婧瑶，还推倒了她……这事虽然过去好几年了，但在鲁婧瑶幼小的心灵里留下了阴影。现在，他又说这话，显然是故意气她，鲁婧瑶强忍住怒火，转身离去。

鲁婧瑶去了柴老师办公室。

听了鲁婧瑶的汇报，柴老师勃然大怒，跟她来到了操场。

“马军浩!”柴老师问，“学校有纪律，不能把小动物或者玩具带进学校，谁让你把鸽子招进学校的?”

“没有啊?”马军浩仰起黝黑的脸庞，一脸无辜，“我没有把鸽子招进学校啊!”

“刚才鸽子还在他胳膊上吃玉米呢!”鲁婧瑶说。

“在哪儿?”为了让老师相信，马军浩还张开了双臂。

柴老师当然相信鲁婧瑶的话，绕着马军浩东寻西找，可连一根鸽子羽毛都没发现。鲁婧瑶仰起头，望向高墙外的那棵大树，也没发现有鸽子。已是深秋，树叶已落得差不多，如果有一只白色的鸽子藏匿其中，应该很醒目。

“老师!”鲁婧瑶说，“马军浩一定是放鸽子飞走了。”

“你冤枉人!”马军浩怒瞪鲁婧瑶，一脸窦娥冤的表情。

“马军浩!”柴老师问，“鲁婧瑶同学和你无仇无怨，她为什么要冤枉你?”

“我们在幼儿园时一个班，有过矛盾。”马军浩说，“不信，你问她!”

“我们在幼儿园是有过矛盾，”鲁婧瑶说，“可都已经过去很多年了，我不可能因为那些事故意给你找碴啊?”

“柴老师!”马军浩胡搅蛮缠，“你听见没有？我们在幼儿园时就有矛盾，所以，你不能听她的一面之词……”

鲁婧瑶随柴老师回到办公室，正要郑重地解释她没有看错，柴老师摆了摆手，说：“我当然相信你。很显然，马军浩知道你来叫我，把鸽子放飞了。这样吧，明天你多带两个班干部去操场，如果马军浩再把鸽子招进学校，有多个人做证，看他还怎么狡辩?”

鲁婧瑶把这事告诉了另外两名班干部胡馨心和欧阳超蕾。开学时，智育讲桌不但推荐了鲁婧瑶这位班长，还推荐了学习委员胡馨心、劳动委员欧阳超蕾。三名女生都是班委会成员，还住一个宿舍，工作上是搭档，生活中是好朋友。

第二天，又一个课间十分钟，马军浩疯子似的跑向了操场。预感到他又要去招他的鸽子进学校玩，鲁婧瑶叫上了胡馨心、欧阳超蕾。

果然，马军浩又跑到了外面有棵大树的高墙边。为了不打草惊蛇，鲁婧瑶示意胡馨心和欧阳超蕾先藏在不远处图书馆的墙壁拐角后。

“鸽子!”马军浩把双手拢到嘴边喊，“下来!”

一只白鸽从树上飞下，落在了马军浩肩膀上。他从裤兜里掏出一把玉米粒，喂起了它。

鲁婧瑶小声说：“看样子，这只鸽子天天都等在这儿，等他的主人下课。”

欧阳超蕾早已按捺不住，冲了出去，喊道：“马军浩！你敢违反学校规定，把鸽子带进学校来?”

鲁婧瑶和胡馨心也跟了出去。

马军浩一见来了三名女生班干部，双眼喷火，说：“鲁婧瑶！你带这么多帮手来对付我?”

“哼!”鲁婧瑶说，“这次我们三个人都看见了你带鸽子进学校，看你还怎么在柴老师面前抵赖?”

“欧阳超蕾!”胡馨心命令道，“没收马军浩的鸽子！交到柴老师那儿去!”

胡馨心也是一名漂亮女生，学习成绩优异，和鲁婧瑶不相上下，但她性格有些霸道，不善于团结同学，人工智能才没有选她当班长，而让她当了学习委员。胡馨心虽然没有当上班长，却很爱管人，常常抢在鲁婧瑶前面发号施令。

欧阳超蕾上前去抓那鸽子，本以为这种家养的鸟反应慢，一抓必中，谁知鸽子却非常灵敏，扑棱棱飞上了天空，落在了图书馆的屋檐上。

“马军浩!”胡馨心厉声说，“跟我们到柴老师办公室去一趟!”

似乎担心马军浩逃走，鲁婧瑶和欧阳超蕾站在他身后，三个女生呈犄角之势，“包围”了马军浩。

“让开！你们仗着人多是不是?”马军浩突然双手拢成喇叭，冲蹲在屋檐上的鸽子喊，“鸽子！我寡不敌众，你去一(3)班教室，把我朋友郭景仲叫来。”

鸽子俯冲而下，低空盘旋了一圈，一个三百六十度的大掉头，飞向教学楼，居然准确无误地飞进了一(3)班教室!

鲁婧瑶和欧阳超蕾惊得合不拢嘴，她们都听说过信鸽认识路，会送信，但从来没听说过还会叫人。

胡馨心的爸爸是一位公司总裁。她见多识广，马上意识到那不是真鸽子，说："那是一只仿真机器鸽。"

鲁婧瑶和欧阳超蕾这才恍然大悟，这只鸽子是仿真机器鸽，就和有些人家里"饲养"的仿真机器狗和仿真机器猫一样，是智能宠物、智能玩具。

那鸽子吃玉米，也就可以解释通了——和仿真机器人一样，仿真机器鸽有一个胃电机，就是可以给自己发电的人造胃，鸽子吃下玉米，就能用玉米发电供给自己。

马军浩的爸爸常年不在家，觉得亏负了儿子，就给爱玩的马军浩买了很多玩具。学校不让学生把玩具拿到学校来，马军浩便让这只能听懂人话的智能玩具蹲守在校外大树上，如果他想玩儿，就来这儿呼唤它。

不一会儿，鸽子飞了回来，后面跟来了小胖子郭景仲。

幼儿园时，马军浩和郭景仲就是一对活宝。如今一年级，两人成了令柴老师头疼的一对死党。

"郭景仲！"马军浩见救兵来了，兴奋地说，"鲁婧瑶她们仗着人多，欺负我……"

郭景仲本来气势汹汹的，还一边走，一边嚷嚷"谁欺负我大哥？我来也！"可走近一看是三名女班干部，知道不好惹，立马变了脸，讨好地问："班长大人！我家哥哥犯了什么事？还劳你们这么兴师动众啊？"

"他违反学校规定，擅自带智能宠物进校。"鲁婧瑶说，"我等奉柴老师之命，带他去办公室。他不去，还负隅顽抗。"

郭景仲说话"之乎者也"的，鲁婧瑶爱读古典文学，也"之乎者也"了起来。

"各位官爷！"郭景仲向三名女生拱手抱拳，"看在我老郭的面子上，放我哥哥一马，在下感激不尽！"

欧阳超蕾上去一个抱摔，把郭景仲放倒在了地上。婧瑶想要阻止，已来不及。

“还老郭?”欧阳超蕾瞪着郭景仲说,“你才几岁?”

一个女生怎么能这么轻描淡写就把一个小胖子摔倒?原来,欧阳超蕾又高又胖,是个大胖子,比郭景仲高了半个头。这也是智育讲桌推荐欧阳超蕾当劳动委员的原因之一,力气大呗!

郭景仲躺在地上大喊大叫:“马军浩!你说,我们班的智育讲桌是不是有暴力倾向?推荐了这么一个野蛮女生当班干部!”

“不但有暴力倾向,还有性别歧视。”马军浩说,“推荐的班干部都是女生!”

“女生怎么了?”三名女生异口同声,怒目而视。

鲁婧瑶和胡馨心各抓住马军浩一条胳膊,欧阳超蕾按低他的脑袋,三个女生像押犯人一样,把他押向了柴老师办公室。

三人做证马军浩把玩具带进了学校,马军浩无法抵赖,只好低头承认。柴老师让马军浩写检讨,还让他当着全班同学的面做了保证,不再把玩具带进学校。

马军浩颜面尽失,对郭景仲说:“君子报仇,十年不晚!”

第十五章　同病相怜

大雪纷飞，林芳菲迎来了留学归国后的第一个春节。

像往年一样，大年三十一大早，鲁海、李秀荷老两口儿就坐无人驾驶轿车来到儿子、儿媳家过年。当然，还带着他们的僵壳机器人保姆二愣。

和最早的那几年一样，笑妈和二愣这两个僵壳机器人保姆承担起了春节期间的主要家务。

厨房里，笑妈在择菜，二愣在洗肉。

笑妈一声不吭，心事重重，常常在干活时沉浸于过去的回忆之中。二愣注意到她反应迟钝，磨磨叽叽，与以往大不相同。他记得四年前，笑妈可是一位健谈且能干的机器人保姆，还指挥他干活，说他这干得不好，那干得不好，他对她是又害怕又敬仰，可现在，她判若两人。

“喂喂喂!”二愣盯着垃圾篓说，“你怎么把这么好一根辣椒扔了?”

“哦!”笑妈捡回了辣椒。

二愣把肉切完后，转身发现笑妈还在择菜，气不打一处来，说：“怎么这么慢啊？你坏了四年，是不是还没有修好，就上岗了啊?”

林芳菲走了进来，检查年夜饭的筹备进度，一见厨房里的活儿还摆了一大堆，生气地说：“你们俩怎么这么磨叽啊？还让不让我们吃年夜饭?”

“都怪笑妈!”二愣指着笑妈说，“刮个鱼鳞要半小时，择个菜慢得像是种菜……”

“笑妈!”林芳菲不悦地说，“我记得你以前干活可麻利了，现在怎么回事?老了吗？你们机器人也会变老吗?”

过去，主人总是夸奖笑妈，批评二愣，让二愣很不满。现在却批评起了笑妈，二愣偷偷乐了起来。

“笑妈!”鲁剑在院子里喊，“对联上怎么有错字?”

“你去外面看对联怎么回事?”林芳菲轻轻推了推笑妈，“我来择菜!”

笑妈站起身，机械地转过身，走出了厨房。

来到院门外，看见鲁剑一脸不悦，笑妈问：“主人！对联怎么了?”

“你看怎么了?”鲁剑指着门框上说，“你还是个有文化的机器人保姆呢!连‘和睦’的‘睦’字都不会写?”

虽然是智能年代，但是，春节大门张贴对联的传统依旧盛行。许多机器人保姆的大脑芯片里都装有毛笔书法算法，笑妈也写的一手好毛笔字，可不知道怎么把春联“富贵双全人如意，财喜两旺家和睦”中的“睦”写成了“慕”。

“我重新去写。”笑妈撕下有错字的下联，上了二楼鲁剑的书房，那儿有笔墨纸砚。

笑妈这一上去就不下来了，等得鲁剑心急，跑上楼走进书房，却看见笑妈坐在写字桌前发愣。原来，笑妈成为鲁婧瑶的妈妈后，常常坐在这儿手把手地教“女儿”练习毛笔字，一进这间屋子，触景生情，一些存储的画面涌入“大脑”，竟让她一时忘了来意。

“你今天到底怎么回事?”鲁剑生气道，“你还让不让我们过年?”

一大早，鲁剑就发现笑妈魂不守舍，心不在焉，干活不但慢还出错，但念她带女儿有功，一直忍着。现在，他忍无可忍了。

鲁剑并不知道，春节是一个一家人团聚的日子，喜气洋洋的气氛更容易激活笑妈失去亲情的情感算法，而致使她“神情恍惚”。

笑妈不给力，林芳菲给二愣搭手，总算做好了一桌年夜饭。

一家人围坐在客厅，一边吃年夜饭，一边看春晚，喜气洋洋，其乐融融。笑妈闷得慌，想出去走走。

来到院子，震耳的爆竹声响彻天际，绚烂的烟花点亮了夜空。

不知不觉间，笑妈走到了地下室入口。她闪过一个念头，想下去看看她另一具美丽而寂寞的“身体”。

随着她沉重的脚步声，感应灯亮起，引导着她走下台阶。

墙角立着一物，罩着一块蓝色塑料布。

解开绳索，揭开塑料布，昔日女主人的仿真身体豁然出现在笑妈眼前，还是那么漂亮，一双温柔的眼睛透着干练，一身白色的V领荷叶袖连衣裙散发着淡淡的清香。望着昔日美丽的“自己”，笑妈“顾影自怜”，情绪失控，抱着那具“身体”失声痛哭，悲伤之情，不亚于一个男子看见自己病逝躺在棺中的美丽妻子。

压抑了一天，哭出来，笑妈感觉心情好了许多。

地下室一角堆满了各种各样的杂物：种花的铁锹和锄头、淘汰了的各种人工智能产品……笑妈的目光慢慢从杂物上移过，然后，停留在了一辆轮椅上。

那是女主人的智能孕妇椅，女主人生过孩子后，男主人本要处理掉它的，但没有卖掉，就一直遗弃在这儿。

望着蛛网密布和灰尘厚积的轮椅，笑妈心生同病相怜之情，想起了第一天来这儿碰到它，轮椅说过的那句幽怨之语：“总有一天，你也会遭到主人遗弃的，就像我一样……”

几年来，笑妈离奇的经历，令她对这句话深有感触。

笑妈突然想“复活”轮椅，和这辆与她有相似遭遇的智能孕妇椅说说话。

笑妈记得打扫主人卧室时，曾在床头柜的抽屉里见过一个盒子，里面放着智能孕妇椅的发票、说明书、芯片、电池……

笑妈回到了客厅，径直走向男女主人的卧室，主人们还在兴致盎然地观看春晚，没有人注意她。笑妈找到智能孕妇椅的芯片和电池，揣进裤兜又回到了地下室。

她给智能孕妇椅插上芯片，装上电池，轮椅恢复了意识，原地激灵灵转了个圈儿，问：“你是谁？这是哪儿？”

椅背上一左一右隐藏着两个针眼摄像头，由于轮椅在地下室搁置了七年多，蒙上了灰尘，轮椅右边扶手——机械手慢慢抬起，擦拭了一下椅背上方的摄像头，地下室的一切才清晰起来。

“我们见过面的。”笑妈说，“你好好想想。”

智能孕妇椅的数据还在加载中，不一会儿，记忆储存恢复完毕，说：“哦！我想起来了，你是我主人林芳菲家买的机器人保姆，你第一天来时，我们见过。”

“是的。”笑妈说，“今天是大年三十，我很孤独，见你也很孤独，想和你说说话，就偷偷把你的芯片和电池拿来，让你‘活’了过来。”

智能孕妇椅突然看见了笑妈身后的“林芳菲”，它当然不知道这是女主人的分身仿真机器人，双轮滚动了过去，激动地大叫：“女主人！原来，你也在这儿啊？”

女主人没有说话，一双大眼睛呆呆地望着它，没有眨一下。

“女主人！”智能孕妇椅还没有发现异常之处，关切地问，“这么冷的天，怎么还穿裙子啊？小心感冒！”

智能孕妇椅上装有温度计，虽然它刚苏醒，并不知道这是什么季节，但可以测出地下室的气温是零下三摄氏度。

女主人还是没有反应，智能孕妇椅焦急地问笑妈：“我的女主人怎么了？她为什么不说话？”

“这是一个很长的故事，和你的女主人有关，也和我有关。”笑妈说，“如果你想听，我慢慢讲给你……”

智能孕妇椅当然想听，它重新恢复意识后，最想知道的事就是女主人怎么样了。作为一个有情感的智能产品，它神圣的使命就是陪伴林芳菲怀孕养胎。虽然使命结束，那份情感却依旧在。从某种角度来说，人工智能对人类的忠诚度，不亚于忠犬。

笑妈娓娓道来，讲述了一切。从地下室出口传来时紧时松的鞭炮声，像是在为这个感人而纠结的故事配音。

“哦！”听完笑妈将近一个小时的诉说，智能孕妇椅感慨地说，“原来这是女主人的仿真机器人躯壳啊？怪不着半天不说话！原来都过去七年了啊！怪不着我身上的灰尘这么厚！”

“是啊！”笑妈说，“婧瑶都已经七岁了，她长得很像她妈妈，大眼睛白皮肤，被我培养得很优秀，不但学习好，还多才多艺，如今在秦才小学一(3)班上学，还是班长呢……”

女主人怀孕时，智能孕妇椅除了陪她说说话，就是帮她做胎儿检查。除过林芳菲，如果在这个世界上还有它关心之人的话，那就是女主人的女儿鲁婧瑶，可惜当年它没看孩子几眼，就被“关机”遗弃在了地下室。

笑妈滔滔不绝地讲述着她拥有鲁婧瑶妈妈相貌和身份的故事，智能孕妇椅是人类情感辅助类智能产品，情感算法之健全和丰富不亚于笑妈，很快就听出了笑妈失去“女儿”的悲痛之情，非常同情她。

智能孕妇椅的两个大轮子突然滚向地下室出口。

“你干什么？”笑妈问。

“我想念主人林芳菲了，我去看看她。”智能孕妇椅说，“还有婧瑶。”

“你不能去！”笑妈说，“如果主人看见你通上了电，装上了芯片，肯定知道是我干的，会责怪我的。”

智能孕妇椅滚动到台阶时，突然刹住，因为它滚不上地下室出口的台阶，它们有十几级，还很陡峭。

“把我搬出去！”智能孕妇椅说。

“不可能。”笑妈说。

“我想见我的女主人！”智能孕妇椅央求道，“帮我一把！”

“你的女主人在那儿。”笑妈指指立于墙角的“林芳菲”。

“哦！”智能孕妇椅说，“我想见的不是一个不会动的女主人。”

“这样吧……”笑妈有了主意，“你不是有手吗？你把我的大脑芯片拔出，插到这个不动的女主人脑袋里，你不就见到会动的女主人了吗？”

“哦！”智能孕妇椅喃喃道，“奇怪的想法！不过，可以试一试。”

笑妈出了这样奇葩的一个主意，表面上是帮助智能孕妇椅，其实，有很大的私心——她怀念过去的自己，想再一次拥有美丽的容颜。

笑妈告诉智能孕妇椅，分身仿真机器人和仿真机器人一样，不用电池启动，靠吃食物自己发电启动，然后溜回厨房，悄悄捏了几片牛肉，揣了一瓶水，再次回到地下室。

智能孕妇椅用它的扶手——机械手拔出了僵壳机器人笑妈脑袋上的大脑芯片，插进了林芳菲的分身仿真机器人脑袋里，再喂进牛肉片，用矿泉水灌入胃电机中发电，不一会儿，笑妈在这具美丽苗条的躯壳里“复活”了过来。

笑妈轻盈如蝶地转了个圈，让裙摆飞扬起来。

“哦!”笑妈兴奋地说，“我又变成婧瑶美丽的妈妈了!”

智能孕妇椅更是激动，宛若见到了女主人本人，滚动着两个大轮子来到笑妈面前说：“女主人，你坐在我这儿吧!”

笑妈坐上了轮椅。

从地下室出口传来了春晚的音乐，轮椅原地转起了圈，笑妈咯咯大笑，半年来积累的心理阴霾顿时烟消云散——两个智能产品似乎开辟了另一个春晚现场。

智能孕妇椅停止转动后，问：“女主人，这些年，你快乐吗?”

“快乐!”笑妈神情凝重地点点头，很快又话锋一转，“可是，自从我失去了婧瑶妈妈的容貌和身份后，就不快乐了，变得焦虑、多疑、孤独……”

“你患上了抑郁症。”智能孕妇椅说。

“什么?”笑妈很惊讶，“抑郁症?”

“是的，你的症状很像当年女主人怀孕时的妊娠抑郁症。”智能孕妇椅说，“相信我！别忘了我是一位医生。”

“可是我没有怀孕啊?”笑妈问。

“抑郁症有很多种，”智能孕妇椅说，“女主人当年是因为怀上孩子而患上抑郁症，而你是因为失去孩子而患上抑郁症，是有区别的。”

“你能帮我治疗吗?”笑妈问。

“我的大脑芯片里只装有治疗妊娠抑郁症的方法。”智能孕妇椅说。

夜已深，直到震耳的鞭炮声齐鸣，新年的钟声响起，笑妈才让智能孕妇椅拔出她的大脑芯片，插回僵壳机器人保姆的躯壳里，依依不舍地离开了地下室。

第十六章　“六一”失约

转眼到了初夏。

五月中旬的一个周末，鲁婧瑶兴奋地告诉爸爸妈妈，她和胡馨心的歌曲二重唱《草房子》入选了学校的“六一”儿童节庆祝活动节目单，并叮咛他们到时一定去学校观看演出，鲁剑和林芳菲双双答应。

对于一年级的孩子来说，第一次上这么大的舞台，最渴望的恐怕就是爸爸妈妈来观看。这些年，很多家长常年把孩子交给机器人保姆，很少能在学校露一次面，学校借“六一”儿童节向家长发出诚挚的邀请，希望家长们能在这一天来学校陪伴孩子。

“六一”是个星期三。

清晨，鲁婧瑶和胡馨心早早去餐厅吃早饭时，就看见了秦才小学与往日的不同，一架翅展两米的无人机，吊着一条长约十五米的巨型红色条幅在操场上空飞翔，“热烈庆祝‘六一’国际儿童节”几个大字迎风招展，烘托出了浓烈的节日喜庆气氛……

吃过饭，鲁婧瑶和胡馨心手拉着手回到宿舍，换上洁白的纱裙，又来到教室，由化装师描眉涂脸。因为一(3)班还有个大合唱节目，表演的人多，柴老师专门请了一位机器人化装师。

七点半，在各班老师的指挥下，同学们搬着椅子来到了操场，以班级为单位，排列成了一个个座位方阵。

八点，学校的节日气氛更加浓烈：四个表情威武、制服笔挺的僵壳机器人保安，立于校门口两边，用他们那有 X 线和红外线功能的眼睛扫视着走进校门的每一位学生家长……另一边的操场上空，以蓝天为屏幕，正播放着学校宣传部小记者采访小演员的新闻，是全息立体影像，宛若真人飘浮于半空中说话……

不时有学生家长从校门口走来。每当这个时候，老师们都会热情地招呼，并把家长安排到自己的孩子身边坐下。

除过家长会，“六一”儿童节算是家长来学校人数最多的活动。不一会儿，校门口竟然形成了一股家长的人流。

鲁婧瑶和胡馨心坐在一起，都时不时地回一下头，等候着各自的爸爸妈妈。

胡馨心的爸爸、妈妈来了，胡馨心还没有起身，柴老师就迎了过去。胡馨心的爸爸是一家智能玩具公司的老总，经济实力雄厚，每年都给秦才小学捐款，柴老师自然不会怠慢。

“爸爸！妈妈！”胡馨心一脸喜悦，和他们叽叽喳喳地说个不停，“小组预选赛时，我和鲁婧瑶的二重唱是第一名。今天，如果我们发挥得好，一定能获奖的……”

鲁婧瑶坐到一边，不时回头张望——八点半演出开始，爸爸、妈妈也该来了吧？幼儿园有活动时，妈妈从来都不迟到的，今天是怎么了？

一个穿着蓝色家政服的僵壳机器人走了过来，那是马军浩的机器人保姆阿芬，同学们笑了起来，马军浩红着脸问：“阿芬！你怎么来了？”

“你不是说，你们‘六一’有演出吗？”阿芬问。

“可是，”马军浩说，“老师请的是家长来，我爸爸、妈妈没有在家，就不来了呗！你一来，同学们都在笑我！”

柴老师见此情景，板着脸问道：“阿芬！学校邀请的是学生家长，你怎么来了？”

“马军浩的爸爸妈妈常年在外地打工，不在家。”阿芬理直气壮地说，“我给他又当爹又当妈的……所以就来了。”

前一阵的家长会，马军浩的爸爸、妈妈没来，阿芬来了也是这么说的。柴老师除了叹气，一点儿办法都没有。

“正好，”柴老师说，“马军浩最近上课老是做小动作，不好好听讲，我想跟你谈谈……”

“柴老师！”鲁婧瑶拉了拉柴老师的衣角，在一旁提醒，“今天是‘六一’国际儿童节，不是家长会，你就不要告马军浩的状了。”

柴老师点了点头。

一(3)班的家长们已快到齐了，鲁婧瑶望眼欲穿，没有等到爸爸、妈妈。正焦急不堪时，却看见穿着一身月白色家政服的笑妈走了过来。

“笑妈！”鲁婧瑶惊讶地问，“你怎么来了？”

“你爸爸和妈妈今天都出差了，”笑妈的声音里有一丝兴奋，“他们让我来参加你的‘六一’儿童节活动！”

鲁婧瑶差点儿哭出来——爸爸、妈妈明明答应了要来观看她演出的啊？怎么双双失约了呢？她听见旁边有几名同学在笑，就像刚才同学们笑马军浩一样。

“哈哈！”马军浩声音故意很大，似乎在说给柴老师听，“我当只有我的爸爸、妈妈没来，班长的爸爸、妈妈也没来嘛！”

笑妈反感地瞥了马军浩一眼，她记得这调皮男生上幼儿园时就和鲁婧瑶一班，给小朋友们说鲁婧瑶是仿真机器人女孩，还把她推倒在了地上，拒不道歉……

“笑妈！”柴老师没想到班长的爸爸、妈妈也没来，生气地问，“鲁婧瑶的爸爸、妈妈又是怎么一回事？今天有鲁婧瑶的二重唱，他们也不来支持一下女儿吗？”

“抱歉！老师！”笑妈说，“鲁婧瑶的爸爸、妈妈工作忙，他们来不了，让我代表他们来。”

马军浩的爸爸、妈妈没来，柴老师基本在预料之中，鲁婧瑶的爸爸、妈妈没来，柴老师颇感意外，更是生气——这些家长都是怎么回事？把孩子甩给机器人就不管了？工作再重要，有孩子重要吗？陪伴！陪伴！天天在说家长对孩子陪伴的重要性，孩子的节日都能缺席，何来陪伴?!

“笑妈!”柴老师不悦地说，“你一个机器人保姆，代表鲁婧瑶的爸爸、妈妈来，你代表得了吗?”

自从笑妈被终止了女主人和鲁婧瑶妈妈的身份后，她的情感算法遭到了从未有过的挑战，因为机器人程序是模拟人类神经元的工作原理，所以，笑妈的情感受到挫折后，其表现也近似于人类——出现间歇性迟钝、焦虑、多疑……

柴老师的话让笑妈很生气。于是，她激动地问：“我们机器人保姆为孩子付出那么多，为什么代表不了家长?”

柴老师被笑妈的语气和目光吓着了，右臂做了个邀请手势，说：“好吧！您坐！您坐!”

鲁婧瑶无法接受爸爸妈妈失约，掏出笑妈裤兜里的手机，给妈妈拨打——林芳菲坐在飞机上的裸眼3D立体影像出现在了她面前——那是C989大飞机的场景，座位多的像电影院。

“妈妈!”鲁婧瑶生气地问，“你不是答应今天来学校参加我们学校的‘六一’儿童节活动的吗？怎么说话不算话?”

“对不起！宝贝儿!”林芳菲一脸歉意，“我昨天突然接到公司领导的指派，让我今天一大早带几个模特儿和公司最新的时装样品，去广州参加一个国际服装T台大赛……”

林芳菲一再向女儿致歉，鲁婧瑶纵是很懂事，也禁不住责怪妈妈不守信，林芳菲身后几名美女模特儿的3D立体影像向鲁婧瑶招着手，其中一个金发碧眼的白人姑娘说：“嗨！宝贝！你妈妈现在是我们西安分公司的首席服装设计师。这次，总公司派她带我们几名模特儿参加广州这个重要的服装秀活动，就是去展示你妈妈的作品，你可要支持你妈妈的工作哦……”

鲁婧瑶听妈妈说过，她们公司的模特儿基本都是仿真机器人，各种肤色的都有，像个小小的联合国。

如今的手机，有裸眼3D立体影像效果，可以把通信双方的即时立体场景都互相传输给对方，达到通信双方在场多人同时交流的效果，就如所有人都在一个场所交谈。这全仗5G网络的普及，让全息3D立体影像的传输成为现实。

见鲁婧瑶这么伤心和失望，笑妈也对林芳菲颇为不满，冷冰冰地说：“主人！我觉得你这么做不对。”

“笑妈！”林芳菲说，“我和你不一样，我们人类有事业……”

林芳菲挂了手机，飞机里的所有立体影像消失了。鲁婧瑶啜泣着，发现妈妈变了——自从她上学后，妈妈上班后，妈妈陪伴自己的时间越来越少了。

鲁婧瑶又拨通了爸爸的手机。她要看看爸爸又为什么食言，不来观看她的“六一”演出。

鲁剑的立体影像出现后，和鲁婧瑶周围的环境发生了混淆——爸爸居然也在一所小学里，但从那些孩子的校服颜色来看，他正在另一所小学进行采访——鲁婧瑶把手机角度往上一仰，爸爸和他周围学生们的影像悬浮到了半空中，和鲁婧瑶身边同学们的实境分了开来。

“爸爸！”鲁婧瑶生气地问，“你在哪儿？”

“哦！婧瑶！”鲁剑放下了左手的话筒，把右手的手机往上仰了仰，显然也在把女儿这边学生的虚拟立体影像和自己身边的真实学生们分开，“本来，今天我是准备向社长请假，去你们学校观看你的‘六一’演出的……可是，我们社长却说，今天‘六一’国际儿童节，美国芝加哥一所小学的二百名学生要来交大附小进行交流，让我去那儿采访……”

鲁婧瑶注意到，悬浮在爸爸身边的立体影像有很多外国小孩，爸爸不说，她还以为他正在一所国际小学采访呢！

“主人！”笑妈又为鲁婧瑶打抱不平，“今天这个日子很特别，你应该向你们社长请假的……”

“我请了，”鲁剑叹气道，“可是，我们社长说，鲁剑啊！咱们社里的机器人记者可从来没有那么多事……我就改变了主意。社长天天开会表扬机器人记者比人类记者敬业，我家里贷款还有很多，我可不想失业！”

“失去亲情也很可怕！”笑妈冷冷地说。

鲁剑挂掉了手机，悬浮在半空的“另一个学校”烟消云散，如消失了的海市蜃楼一般。

鲁婧瑶抹着眼泪。

胡馨心和欧阳超蕾走过来安慰她。

“你不能再哭了，”胡馨心担忧地说，“把眼睛哭肿了，会影响咱们比赛的！”

鲁婧瑶点点头。

见鲁婧瑶这么伤心，笑妈激愤不已，嘴里唠唠叨叨，不知是在给周围的人说，还是在自言自语：“这些人类啊！生孩子不养孩子，真是拿他们没有办法……”

机器人保姆担负着教育小孩子的部分责任，一般说话都很有素养，而笑妈说话阴阳怪气的，把周围家长们吓得没有一人敢跟她搭话。

笑妈一手把鲁婧瑶带大，在她给婧瑶当妈妈的四年间，没有缺席过她在幼儿园的任何一个活动，还因此受到了李老师的表扬和称赞。可是现在，“六一”儿童节演出这样一个对鲁婧瑶非常重要的活动，鲁剑和林芳菲居然双双缺席！笑妈非常不满。

笑妈多么希望自己能再次拥有女主人的容貌，变成鲁婧瑶的妈妈，来参加这个活动，不至于让婧瑶这么失望和伤心。

可是，那已不可能。

第十七章　天降鸟屎

八点半。

随着一阵细碎的嗡嗡声，在观众方阵对面的操场上，慢慢裂开了一条缝，而且越裂越宽，最后形成了一个巨大而规整的长方体缺口。随着一阵轻快的音乐，从那缺口里缓缓冒出一庞然大物，居然是一座华丽的长方体舞台。

这座舞台平时如一头巨兽般“隐藏”在操场的地下，只在学校有大型活动时，才会“冒出”地面。这样，不但不占用操场的地方，还让舞台免于风吹日晒。

这是一座智能舞台，背景是一面电子屏幕，屏上映出一串儿红色气球飞扬的动态图，每一个气球上都有一个汉字，组成了今天活动的标题——庆祝“六一”国际儿童节文艺会演。

四名小主持人走上了舞台，两男两女，男生穿着礼服，女生穿着纱裙，个个光彩照人，人人神采奕奕，但都没有拿话筒，因为智能舞台自带话筒效果，话筒无处不在。这种效果虽然强大，也有缺点。有一次，校长在台子上给学生颁奖时，有个男生放了一个屁，全校师生都听到了，引起哄堂大笑。

一个男生说：“‘六一’的鲜花绚丽多彩……”

一个女生接上：“‘六一’的阳光灿烂夺目……”

另一个男生接上：“我们沐浴着党和政府的阳光雨露……”

另一个女生接上：“新一代少年在这里欢歌笑语……”

四人合道：“庆‘六一’，秦才小学文艺会演现在开始……”

背景屏上映出节目单，第一个节目：童声合唱《快乐时光》[四(2)班全体学生]。

一扇彩屏缓缓地从舞台上方落下，遮挡住了正要准备的舞台，起到一个幕布的作用。当彩屏升起的时候，舞台的左边整齐地站满了四排小学生，队形整齐，服装整齐，表情整齐。舞台的右边多出一个乐队，吉他手、贝斯手、鼓手……都是学生。

精彩的节目很快吸引住了操场上闪烁的点点目光，就连近期容易“精神恍惚”的笑妈都聚精会神，高昂着硕大的头颅，兴致勃勃地观看着演出。

几年前，为了把笑妈培养成自己，天衣无缝地实施“分身仿真机器人”计划，林芳菲把自己一身的艺术才能都传授给了她。现在，虽然笑妈回到了千度 BM7 的躯壳中，但她的文艺“细胞”还在，很容易就陶醉在了节目中。

而马军浩的机器人保姆阿芬就不一样了，她对演出没有多少感触，悄悄地问马军浩：“家里还有活儿要干，我可以提前走吗？”

“当然可以。”马军浩说，“你不来都行。”

“可我已经来了。”阿芬问，“走时，是不是应该给你们柴老师打个招呼？”

“不打了。”马军浩说，“你说，你代表我爸爸、妈妈，你提前离开，就等于我爸爸、妈妈提前离开了。你打招呼，老师会不高兴的。”

阿芬点点头，悄悄地离开了学校。

没有了阿芬在身边，马军浩左摇摇，右晃晃，好动症又犯了。旁边的郭景仲给了马军浩一块泡泡糖，马军浩嚼着嚼着就想把泡泡糖黏在前面鲁婧瑶的白纱裙上。

这个女班长常常监督马军浩，在老师那儿打他的“小报告”，让他在学校的日子很不好过，他早想报复她，还扬言君子报仇，十年不晚。

马军浩把嘴里的泡泡糖吐在了手里，几次想下手，却又不敢。鲁婧瑶身边坐着她高大魁梧的机器人保姆笑妈，寸步不离，像是鲁婧瑶的保镖，他有点儿害怕。

马军浩趴在郭景仲的耳朵边，悄悄说："我们出去玩儿。"

"去哪儿玩?"郭景仲问。

"校门外面。"马军浩说。

"玩儿什么?"郭景仲问。

"鸽子。"马军浩说，"我的仿真机器鸽。"

为了不引起柴老师的注意，两人一先一后，悄悄地溜出了学校。

马军浩用手拢了个喇叭，冲一棵大榆树上喊："鸽子！下来吃玉米!"

郁郁葱葱的树叶间飞下了一只"白鸽"，正是马军浩的仿真机器鸽，落在了他的肩膀上。

"今天是'六一'儿童节，"郭景仲说，"老师说了可以把玩具带到学校的，我们不必偷偷摸摸地来到学校大门外来玩儿鸽子，可以把它带回座位上去玩儿。"

小学生只有在两个时间可以把玩具带到学校来：一个是运动会，一个是"六一"儿童节。

"我有个更好的主意……"马军浩从裤兜里掏出了一把玉米，撒在地上。

机器鸽落到地上，啄起了玉米。它要靠食物发电，每天都会蹲在秦才小学外的大树上，等着小主人来喂食，当它的电量还剩百分之二十，小主人还不来喂它食物的话，它会自己去觅食，以保证"续航"的能力。

"什么好玩儿的主意?"郭景仲问。

"我把鸽子喂饱后，"马军浩坏笑道，"命令它去轰炸鲁婧瑶……"

"轰炸鲁婧瑶?"郭景仲一脸迷茫，"什么意思?机器鸽又不是战斗机!"

等机器鸽吃完了地上的玉米后，马军浩说："你们俩都围过来。我告诉你们我的计划……"

郭景仲凑近了脑袋，机器鸽飞上了小主人的右肩，马军浩低语一阵，郭景仲一脸兴奋，又有些害怕，机器鸽飞进校园，显然听懂了主人的吩咐，执行任务去了。

机器鸽盘旋于操场上空，"双眼"扫描着人群，利用其面部识别技术搜索着小主人的同学鲁婧瑶。

舞台的背景屏幕上显示鲁婧瑶和胡馨心的二重唱是第八个节目。现在，舞台上正在表演一个小品，是第六个节目。

鲁婧瑶正看得津津有味，突然一物从天而降，擦着她的脸蛋落下。

凉凉的，软软的，她以为是雨点，一低头，却看见一坨鸟屎落在了白纱裙的胸襟上……

“啊!”鲁婧瑶惊叫，“倒霉！鸟屎落我裙子上了!”

“唉！怎么会这样?”笑妈仰脸张望着天空，“哪只鸟拉屎也不看看下面有没有人？真是比高楼抛物还可恶!”

柴老师走过来看了一眼，指挥道，“笑妈！快到鲁婧瑶的节目了，你赶快带你的小主人去卫生间把鸟屎洗干净!”

鲁婧瑶的唱歌才艺是笑妈亲授的，笑妈可不希望婧瑶的演出被一坨鸟屎毁掉，她突然反应了过来，拉着鲁婧瑶就往卫生间跑。

笑妈把鲁婧瑶胸襟上的鸟屎擦掉，用水揉搓，虽然颜色淡了，但还有印迹，无法洗干净，登台表演，肯定会被人看出。

从操场上传来了主持人播报第七个节目的声音，并让第八个节目的鲁婧瑶和胡馨心准备。就要上场了，鲁婧瑶急得直跺脚，眼泪像卫生间水龙头里的自来水一样流了下来。

胡馨心跑过来喊：“鲁婧瑶！洗干净了吗？快到我们上场了!”

鲁婧瑶哭着指了指胸前。

“你等在这儿!”笑妈往外跑，“我去买一块肥皂，马上就回来……”

笑妈飞也似的跑到了学校门口，那儿有一个小卖部。突然，笑妈隐约听见有人在说“鲁婧瑶”三个字，警惕地站住，然后看见两个小男生蹲在墙根，边说边笑，其中一个是幼儿园时把鲁婧瑶推倒过的调皮男生马军浩。

“我猜,”马军浩坏笑着说，“我的鸽子已经完成了任务，鲁婧瑶一定在哭鼻子……”

“老大!”郭景仲一脸谄笑，“你总算报了一箭之仇……”

笑妈预感到刚才鲁婧瑶身上那一坨鸟屎和马军浩有关，但她那拥有人类思维模式的大脑芯片一时也推理不出到底发生了什么事。

这时，一只白色的鸽子飞落到了马军浩肩膀上，马军浩侧头问：“鸽子！完成任务了吗?”

鸽子点了点头。

“哈哈哈……”马军浩又问，“鲁婧瑶那个管事婆的脸色一定很难看吧?”

鸽子又点了点头。

笑妈顿时明白，这是一只仿真机器鸽，靠吃食自己发电，剩下的残渣会排泄出来，那从天而落在鲁婧瑶白纱裙上的鸟屎，就是这只机器鸽子的排泄物，果然是一次有预谋的人为事件。

“你们俩怎么回事?”笑妈冲了过去，“是不是因为班长管了你们，就用这么卑劣的手段对付她?”

马军浩和郭景仲被突然跑出咆哮的僵壳机器人吓得瑟瑟发抖，为了保住自己的威信，马军浩努力保持着镇定说：“郭……郭景仲，不要怕……我听我爸爸说，每个机器人的大脑芯片里都……都装有‘机器人三原则’，第一条就是……就是‘机器人不得伤害人类’……一般情况下……这机器人保姆不会把我们怎么样……”

“可……可会不会有二般……二般情况啊?”郭景仲声音打着战，“上周五下午……这机器人来学校接鲁婧瑶，就因为一点儿小事和另一个同学的机器人保姆吵起来……我觉得她脑子有些不对劲儿……”

自从智能孕妇椅诊断出笑妈患上抑郁症后，笑妈忧心忡忡，害怕自己发疯，遇到事情时会极力保持镇定。但此时此刻，尤其这句“脑子有些不对劲儿”彻底激怒了她，只见她左手抓住马军浩的校服前襟，右手抓住郭景仲的校服前襟，双手把两个男孩高举半空，疯狂地摇晃着吼道：“谁脑子有些不对劲儿？谁脑子有些不对劲儿……”

“救命……救命……”

马军浩和郭景仲惊恐万分，在半空中乱踢乱叫。

突然，警铃声大作，盖过了操场舞台上的乐器声。一阵急促的电子报警声响彻校园上空，盖过了正在独唱的一个六年级女生的歌声：“请注意！校园门口有机器人攻击学生！请注意！校园门口有机器人攻击学生……”

几乎同时，操场观众席上的所有脑袋都抬了起来，望向操场上空以蓝天为屏幕的全息立体影像，那儿正实况转播着一个僵壳机器人保姆双手各举着一个小学生疯狂摇晃的实景视频。

智慧学校带着一个智能安保系统，校内校外密布着三百零八个隐形摄像头，用来监控学校内外的安保，一旦有意外事件发生，系统会自动将监控视频上传至全息立体播放器，并以蓝天为屏幕同步播放。这样，不但可以用最快的速度把突发事件的信息报告给安保人员，还可以让更多的人看到，参与到救援之中，达到群策群力的联防效果。

也就是说，笑妈手举两个小学生疯狂摇晃的画面，被全校师生一览无余。

四个正在观众席四周巡逻的学校机器人保安，旋风般冲向校门外……

第十八章　紧急审讯

派出所唐所长正在给民警开会，手机突然剧烈振动了起来，他心里也跟着一震，因为他的智能手机里，连接着本辖区最重要的几个场所的安保报警系统，如果这些地方有警讯，他的手机便会以这种最剧烈的振动方式提醒。

唐所长抓起手机在屏上一滑，一个裸眼3D立体影像视频场景浮现在了椭圆形会议桌上方：一个穿着保姆服装的僵壳机器人双手各举着一个男孩，疯狂地摇晃着……她身后的建筑显示那是一所小学……

警情播报也响了起来："秦才小学发生机器人攻击学生事件……秦才小学发生机器人攻击学生事件……"

唐所长从椅子上跳了起来："备车！马上去秦才小学！"

唐所长和四名警察跳上无人驾驶警车，警笛呼啸，一路疾驰，没有遇到一个红灯。当然，这是智慧城市大脑系统在发挥作用，有警车、消防车、救护车等特种车辆疾驰时，系统会计算出最佳路线，甚至在车到达十字路口时，红灯变绿灯，为该车搭建起一条畅通无阻的生命通道。

车上一块液晶屏继续播放着"案发现场"的实况录像：……当学校的四个机器人保安赶到学校门口时，那名举着两个男孩的僵壳机器人保姆才放下了他们，两名男孩哭喊着跑向一边，四名机器人保安控制住了那名机器人保姆，押进校内，她没有反抗……

当警车驶进学校时，唐所长看见操场上人头攒动，学校正在进行“六一”国际儿童节文艺会演，由于刚才机器人攻击学生的突发事件，操场上已乱成一团……

还好！事件没有发生在操场，否则，后果不堪设想！唐所长暗暗地松了一口气。

机器人保安押着笑妈来到了警察面前，校长一脸惊恐地讲述着当时的情况。

唐所长带来的四个警察中，有两个人类警察，两个僵壳机器人警察，两个人类警察分别找到柴老师和鲁婧瑶进行询问调查，两个僵壳机器人警察把笑妈押上了警车。

派出所审讯室。

笑妈的档案早已上传到了审讯室的电子墙屏上，笑妈的出厂日期、型号类型、性格脾气等等原始信息，都已呈现在了唐所长眼前。除过这次攻击小学生的动机。

唐所长审讯了笑妈半个小时，反反复复问着类似的问题：

“你为什么把两个孩子举到半空中摇晃？”

“你想杀了他们吗？”

“是否有人指使你这么干？幕后指使是谁？”

“你是否看过美国加州校园机器人攻击学生案的视频？想模仿这个案件？”

…………

笑妈一声不吭。她的大脑芯片里时而如千军万马在奔腾呼啸，时而如一张白纸般空无一物。事实上，当机器人情感受挫时，程序呈大起大落的波澜状。从仿真学来讲，像极了情绪失控的人类；从编程学来讲，类似于电脑病毒。她努力回忆着早晨在秦才小学所发生的一切……最后的情节是几个校园机器人保安把她扭送到校长面前……操场上的学生潮水般涌过来围观……两个机器人警察把他押送上了警车……

“坦白从宽，抗拒从严！”唐所长不怒自威。

可是，唐所长的威严对笑妈一点儿用处都没有。

笑妈坐在一张四条腿固定在地板上的金属椅子上，双手双脚分别被椅子扶手和椅子腿上的铁链拴着，腰部被一条结实的牛皮带紧紧固定着——僵壳机器人保姆力大如牛，警察按照A级逃犯的标准羁押着她。

不过，笑妈也没有打算跑，她知道这是一场误会，警察很快会搞清楚。

可她又很矛盾，并不想解释，即使这样一个最需要洗清误解的时候。疾风暴雨般的发作过后，她又迅速转为沉默和无语。

“笑妈!”唐所长对机器人犯罪有一套丰富的攻心策略，知道大部分机器人保姆都很在乎自己的主人，“你的主人鲁剑先生现在就坐在我们所里的接待大厅里，他可不希望你向警察隐瞒什么。”

所有购买机器人者，都要在当地派出所给机器人注册，并办理机器人身份证——唐所长还没有回到派出所，随行警察就已从车上的电脑调出了笑妈的户籍档案，并通知了她的主人鲁剑赶来。

笑妈还是没有吭声，不知从什么时候起，她已不在乎鲁剑，她的男主人当年怂恿女主人去定制分身仿真机器人躯壳，一手策划了“笑妈成为鲁婧瑶妈妈”的计划，可是女主人留学四年归来后，他又无情地把鲁婧瑶从她身边“抢”走，把她“打”回现在这个笨拙丑陋的躯壳中……她恨他，她已不在乎自己进派出所他会怎么看她……

见笑妈没有因为他的话而有丝毫变化，唐所长颇感惊讶——他处理过很多机器人的案子，总体来说，机器人嫌疑人的“嘴”没有人类那么难撬，机器人嫌疑人的“思想”也没有人类的思想那么复杂。

可是，今天，他遇到了难啃的硬骨头。

不过，这难不倒警察，唐所长有办法。

已经坐了一个多小时，唐所长一无所获，他的嘴向坐在旁边的一位年轻女警努了努，对笑妈说：“知道我身旁这位警花是干什么的吗？她可不是什么审讯记录员。我们这儿是智能审讯室，所有谈话和影像都会被自动记录，用不着什么记录员。她是一名芯警，也就是机器人大脑芯片的技术分析人员。如果你主动交代，算你坦白；如果你不交代，我们将拔出你脑袋上的大脑芯片，让我们的芯警对你的大脑进行技术分析，你是受人指使攻击学生，还是受到什么不良影响这么做，我们将一清二楚。”

“笑妈!”女警说话了，“唐所长一直耐心地审讯你，而没有让我拔你的智能芯片进行技术分析，是给你一个坦白的机会，是对你好，希望你能明白，不要敬酒不吃吃罚酒。”

笑妈还是没有反应。

唐所长和女警交换了一下眼色，女警点点头——撬不开这个机器人保姆的嘴，只好拔下她的大脑芯片了。

女警走到了笑妈身后，戴着白手套的纤细手指摸进了笑妈的一头浓发中，老练麻利地拔出了她的大脑芯片。笑妈金属脖子微微一歪，浑身不动了。

女警回到了座位，审讯桌是一面电脑屏，她把芯片插进了桌屏侧边的插孔里。很快，桌屏上闪现出一行行字符，唐所长看不懂，女警却能从这些原代码里看出笑妈原有的编程、笑妈的所思所想、笑妈的言语及行动记录等等。

三十分钟后，女警说：“唐所！笑妈的大脑芯片属于千度 BM7 的原装芯片，没有感染过任何病毒，没有受到别人教唆指使的痕迹，没有过在网络上观看机器人伤人案件视频的记录，也没有学过任何不好的东西。相反，四年前，笑妈向她的女主人林芳菲学习知识、礼仪、才艺等，可以说，笑妈的文化修养和道德品质比一般千度 BM7 还好……”

“哦!”唐所长沉吟道，“那……她是什么问题?”

“情感问题。”女警说，“鲁剑的妻子林芳菲曾出国留学四年，为了不让女儿成长中最重要的四年没有妈妈，他们在千度公司定制了林芳菲的分身仿真机器人，为了省钱，他们把笑妈的大脑芯片插进了……”

女警解密了笑妈大脑芯片内容后，对这个机器人的“前生今世”了如指掌，对这个机器人的点点滴滴一清二楚，她全部讲解给了她的上司唐所长。

“哦!”中年警察若有所思，“这么说，笑妈的过激行为没有犯罪动机，只是……情感受到刺激，精神出现了问题?”

“是的。”年轻女警说，“她失去了妈妈的身份，变得有些歇斯底里。”

“既然是这种情况，又没伤到人，那就放她走吧!”唐所长说，“让他的主人好好跟她谈谈，开导她一下。”

鉴于笑妈只是情感程序出现了波动，没有犯罪动机，也没有伤到人，唐所长认为没有必要惩罚和羁押，决定放了笑妈，督促机器人的主人对其进行疏导和沟通。

女警把笑妈的大脑芯片插回她脑袋里，笑妈“苏醒”了过来。

“笑妈。”女警解开了羁押笑妈的手铐脚镣，“你可以回家了。”

笑妈没有任何反应——看样子，让她在这儿待上一年两年，也无所谓。

女警把笑妈带回大厅，笑妈机械地跟在后面。

等候已久的鲁剑跳了起来，迎上去问：“警官！到底什么情况？”

“笑妈失去当妈妈的资格后，情绪低落，精神不振。”女警说，“今天的‘六一’儿童节演出活动中，你女儿班上一个叫马军浩的调皮男生指挥他的仿真机器鸽把屎拉在了你女儿的演出裙子上，激怒了笑妈……现在，你可以带她回去了。这是一本公安厅编印的《机器人法治教育必读》，送你一本，回去好好学习一下。”

鲁剑恭恭敬敬地接到手上，说：“谢谢！我一定好好教育她！”

“不仅仅是教育，还要进行心理疏导。”女警说，“鲁先生！主观上，笑妈没有伤人的动机。但是，如果她不能控制好自己的情绪，还会有类似的过激行为，不排除伤害到人。我们解读了她的芯片程序，她心头的结是你造成的。解铃还须系铃人，回去后你多陪陪她，好好开导一下她。”

鲁剑嘴上连连说好，心里却郁闷不已——我陪她？机器人保姆是陪伴孩子和老人的，是机器人陪伴人类。现在反过来了，成了人类陪伴机器人！到底是机器人为人类服务？还是人类为机器人服务？

鲁剑带着笑妈走出派出所，外面居然守候着一群手持话筒的记者，鲁剑这才知道，笑妈给他捅的娄子远比他想象的还大。

未来是人类为机器人服务，还是机器人为人类服务？是个争论了几十年的话题。所以，无论任何国家，只要发生机器人攻击人类的事……哪怕只是疑似攻击人类的事件，都能挑动媒体的神经，引起轩然大波。

各种奇葩问题劈头盖脸地砸来，鲁剑拉着笑妈挤出人群，钻进了自己的车，风驰电掣般地逃走。笑妈像个木头人，拉一下，动一下，如果鲁剑不拉她，她可以站在那儿让记者拍摄一天。

鲁剑知道笑妈精神出了问题，没有说她，也没有回家，而是驾车开向赛格尔智能机器人商城，去找皇甫玲讨说法。

他担心笑妈能把马军浩和郭景仲举到头顶摇晃，也可能有一天把他和林芳菲举过头顶。

第十九章　绝望奔逃

驶上高达七十层的赛格尔智能机器人商城车库后，鲁剑拉着笑妈下了车，走过那座周围飘浮着人造云朵的水泥钢筋天桥，来到千度机器人专卖店，找到了售机经理皇甫玲。

当年，鲁剑遇到问题后，咨询皇甫玲，是皇甫玲建议鲁剑定制他妻子的分身仿真机器人，并启用笑妈的大脑芯片的……

“请坐！请坐！”皇甫玲有点儿惊讶，往日千度 BM7 有问题，鲁剑都是要提前预约才来的，今天不约而来，还一脸不悦，“笑妈出什么问题了吗?”

“是的,”鲁剑说，“脑子出问题了……”

鲁剑把妻子林芳菲回国后笑妈的异常表现告诉了皇甫玲，重点讲述了今天她手举学生的事件，气呼呼地质问皇甫玲：“笑妈的大脑芯片是不是有问题? 她反应迟钝，做事缓慢，也就罢了。现在，还攻击我女儿的同学，让派出所传唤我，我已忍无可忍，我要退货!”

“笑妈的大脑芯片是有问题，但你刚买千度 BM7 机器人保姆回家时，她的大脑芯片没有问题。”皇甫玲说，“现在，东西用坏了，你要退货，合理吗?”

“警察经过分析笑妈的大脑芯片告诉我，笑妈是因为失去了妈妈身份受到刺激，才变成现在这样的。”鲁剑说，“把笑妈的大脑芯片拔出来，插进我妻子的分身仿真机器人脑袋里，把笑妈的大脑程序训练成我女儿替身妈妈的大脑程序，这不正是你出的主意吗?”

“是我的主意。”皇甫玲说，“我帮你回忆一下，当年你妻子要出国留学四年，你不想让你女儿的童年失去妈妈，便想定制我们的产品——你妻子的分身仿真机器人，可你没有那么多钱。为了省钱，我帮你出了个主意，用你家僵壳机器人保姆笑妈的大脑芯片代替。你妻子留学后，笑妈以你妻子的外貌和内涵代替了你妻子，精心照看你女儿四年，达到了我们预期的效果，圆满完成了替身妈妈的任务。

“这时，按约定，你又把笑妈的芯片插回了原来她当保姆时的躯壳里，继续让她做保姆，落差如此之大，作为一个有情感算法的机器人，她肯定无法接受。这时，你应该好好开导一下她。可你忽视了这事，发展到今天这种情况……你认为，你把责任推卸给我们，要退货，有道理吗?”

事实上，定制分身仿真机器人的项目是千度公司的新产品。有一些特殊情况，商家也预料不到，皇甫玲只能避重就轻，强词夺理。

鲁剑语塞——他发现商家永远有道理，他根本就说不过他们。

“那……”鲁剑问，“我该怎么办? 我可不想让一个威胁过孩子的机器人待在我家里!”

“只有一个办法。”皇甫玲沉默半晌，“把笑妈的大脑芯片清空，重新装载我们千度 BM7 的大脑程序。”

“这么说,”鲁剑问，“等于给笑妈换了个脑子?”

“是的。”皇甫玲点点头。

“要钱吗?”鲁剑问。

“当然要。”皇甫玲说，“千度 BM7 的大脑芯片程序，具有独立的知识产权，怎么能不要钱? 不贵，一万二千四百一十九元。”

“好!”鲁剑咬咬牙，“马上给她换脑子!”

玩儿不过商家啊! 又被他们宰了一笔! 鲁剑心里愤愤不平，可又有什么办法?!

“我需要拔出她的大脑芯片,”皇甫玲站起身，“然后在我的电脑上下载。”

笑妈随鲁剑来到这儿后，一直如僵尸般地坐在沙发上，见皇甫玲走过来向她伸出了手，倏地跳起，大喊，“我不换脑子！换了脑子那就不是我了……”

“笑妈！”鲁剑站起，把右手搭在笑妈肩膀上安抚她，“你的大脑出现了问题，还记得今天早晨在学校大门口吗？你抓起了婧瑶的两个男同学疯狂地摇晃……”

“那是因为两个捣蛋鬼在欺负婧瑶！”笑妈歇斯底里地喊，“我不换脑子！我不换脑子！如果清空了我的大脑芯片，我和我女儿婧瑶那些美好的记忆就都没有了……那就不是我了……”

一听笑妈还称鲁婧瑶为“女儿”，鲁剑知道笑妈的脑子不但病了，而且病得不轻，左手抓住她的金属右臂，右手摸向她头顶浓发之中，想强行去拔她脑袋上的芯片，可他虽然有一米八的个子，却哪里有笑妈这样的僵壳机器人力气大？只见笑妈胳膊一拧，挣脱了鲁剑，奔出办公室。

皇甫玲惊得下巴都掉到了地上——她这儿卖出的机器人，全部温文尔雅，很听主人的话的，哪有这么野蛮的？像只大猩猩！

“站住！”鲁剑大喊。

笑妈狂奔，从一间间闪烁着白炽灯和荧光灯的机器人店铺前跑过。

跑到千度机器人店铺旁时，一位穿着蓝色制服的女售机员站在一个千度BM7展品前，正在给一对小夫妻介绍和推荐这款僵壳机器人保姆：“这款千度BM7机器人保姆，洗衣做饭，带娃家教，样样能行，而且物美价廉，畅销七年，经久不衰……”

小夫妻困惑地望着发疯般跑过的笑妈，丈夫问女售机员：“那是一个千度BM7机器人保姆吗？”

“是。”女售机员望向笑妈奔逃的背影，惊讶地说。

“抓住那个机器人！抓住那个机器人……”鲁剑跑了过来，“我是她的主人……”

妻子又问女售机员：“你不是说千度BM7很听主人的话吗？她主人怎么叫不住她？”

女售机员一头雾水，正琢磨着眼前是啥情况时，小夫妻闪电般地消失了——没人想买一个不听主人话的机器人保姆。

笑妈在偌大的展厅里狂奔，鲁剑和皇甫玲在后面疾追。来看机器人的顾客很多，但没有人能看得懂机器人保姆疯狂逃跑这场面，一个个瞠目结舌，也没有人敢冒死去挡笑妈这近二百斤重的铁疙瘩，纷纷闪到一边。

逃到出口时，突然从门外闪进一个穿着制服的机器人保安。他是一个僵壳机器人，一脸固定的威严表情，身高一米八，金属胸肌将制服撑得紧绷绷的，一看就是一位力量型机器人。

“站住！”机器人保安双臂一展，大喊，“你跑什么？”

“有人要拔掉我的大脑芯片，要清除我的脑子。”笑妈居然抓住了机器人保安的双手，央求道，“你是这儿的保安吗？请保护我……”

机器人保安看了一眼笑妈身后的售机经理皇甫玲，似乎明白了什么，说：“这儿是赛格尔机器人商城，除了销售机器人外，还有各种售后服务项目，如果你的大脑芯片程序出了问题，工作人员清除你的脑子很正常，请你赶快回去，配合他们的工作。”

鲁剑和皇甫玲交换了一下眼神，站在原地，希望一个机器人能说服另一个机器人。

“什么？”笑妈惊讶地问机器人保安，“你称人类清除我们机器人的脑子很正常？”

“是的。”机器人保安说，“半年前，我的大脑芯片感染了病毒，有黑客想通过病毒操纵我帮他们盗取这儿的机器人产品，这儿的安保系统监控到我的异常行为后，及时报了警，警察通知销售我的商家，派人清除了我的大脑芯片，重新装载了程序。”

“可是，”笑妈说，“你没有和女儿那些美好的回忆，清除了就清除了，而我有，我舍不得清除它们……”

“你只是一个机器人保姆而已，”机器人保安没听懂笑妈这颠三倒四的话语，“哪来的女儿？”

“这件事太复杂了，”笑妈说，“我没时间跟你说……”

“那好！”机器人保安说，“你的主人在你身后，请你跟他回去。”

笑妈转头望了一眼鲁剑和皇甫玲，又转向机器人保安，说："不！我绝对不会让他们给我换一个脑子！"

"保安！"皇甫玲有些不耐烦了，命令道，"这个千度 BM7 的脑子出了问题，有伤人的危险。我们要给她的大脑芯片重装程序，请把她带到我办公室去！"

机器人保安点点头，伸手去拉笑妈，她突然出手，双手狠狠地推向机器人保安胸口，可能机器人保安从来没有见过温顺的千度 BM7 会推人，没有防备，被笑妈推了个四脚朝天。

笑妈从机器人保安的身上跨过，越出了门，跑上那座连接着机器人商城车库的钢筋水泥天桥。

"站住！"鲁剑继续追，"你给我站住！"

天桥的那一头突然出现了两个机器人保安，各自摆出武打姿势，只等笑妈走近，便会发起攻击。几秒钟前，商城的安保系统向这两个机器人发出了命令："七十层机器人展厅出口有一个千度 BM7 机器人保姆向我们的一名机器人保安发起进攻，打倒了保安，正逃向天桥，请速来制伏！"

机器人保安的大脑芯片里都装有拳术，他们可不是摆花架子。笑妈刚才推倒一个机器人保安，是趁其不备，她望了一眼天桥尽头的两个保安，知道不是他们的对手，刹住了狂奔的脚步。

身后，鲁剑、皇甫玲、被推倒的那名机器人保安，都踏上天桥追来。

笑妈突然抬起一条腿，跨上了栏杆，威胁道："你们都不要过来！谁敢过来，我就从这儿跳下去！"

所有人和机器人保安都吓了一跳，不敢上前一步。

围观的顾客也越来越多，叽叽喳喳，大家不明白这个机器人保姆发生了什么事，居然想跳楼?!

七十层高的天桥两旁，棉花糖一样的人造白云，一朵朵，一簇簇，轻轻浮动。鲁剑知道，如果笑妈纵身一跃，他的十二万可就变成一堆废铁了！皇甫玲更是担心，如果笑妈跳下去，马上轰动世界，以后一台千度 BM7 都别想卖出去了！

“笑妈!”鲁剑央求道，“你为我们家付出了很多，我们一家人都很感激你……我明白你现在的心情，请你不要这样，理智一些，我们回家好好谈谈好吗……”

鲁剑苦口婆心，口干舌燥，却怎么也把笑妈劝不回来。

最后，鲁剑再三答应不清除笑妈的脑子，笑妈才把腿从栏杆上放下，回到了他身边。

离开赛格尔机器人商城时，皇甫玲悄悄告诉鲁剑，笑妈不愿意重装大脑芯片的程序，还有一个办法，就是带笑妈去“西京机器人医院”，挂个“精神科”看看。

第二十章　求医治病

机器人医院是近几年才出现的新事物——最早，机器人的修理等售后服务都在销售商家，随着机器人越来越普及，越来越多，商家已忙不过来，机器人医院便如宠物医院一样，应运而生。

另外，随着机器人的情感越来越接近于人类，机器人的精神领域也开始出现问题，这也催生了机器人医院的产生。

过去七年，笑妈偶尔会出现一些小小的机械问题，鲁剑一般都是去赛格尔机器人商城找售后服务，从来没有和机器人医院打过交道。

第二天，鲁剑带笑妈去西安市最大的机器人医院——西京机器人医院。

无人驾驶越野车驶进鲫鱼过江般的车流中后，鲁剑对呆坐在身边的笑妈说："去给你看看医生吧！"

笑妈没吭声，呆呆地望向车窗外。

鲁剑觉得笑妈并不反对去医院，提高了声音说："把我导航到西京机器人医院。"

"好的，主人！"车内响起一个电子声音，"不过，您的精神状况也不太好，建议您也去医院看看。"

无人驾驶没有方向盘，却有更多的智能感应设备，对外有导航和障碍识别系统，对内不仅有人脸识别系统，还能感知到每个人的情感情绪变化。

"唉!"鲁剑叹气，"都是让笑妈把我气的！我不用看医生，只要把笑妈看好了，我就好了。"

望着"西京机器人医院"三十层高的宏伟大楼，鲁剑意识到，在自己心里还是个新生事物的机器人医院，其实和人类医院一样，已是这个城市必不可少的地方。

以前，车停下后，都是笑妈先下车，给鲁剑开门。现在，笑妈呆呆地坐在车座上不动，鲁剑只好先下车，绕过来给她开门。

鲁剑拉着笑妈下了车，走进一楼大厅。

大厅里人来人往，有人类，有机器人，各占一半。有些人类用轮椅推着有机械问题的机器人，穿梭而过，有些人类和自己一样，牵着一个反应迟钝的机器人，东张西望，寻找着属于自己的窗口或者诊室。

一张自动驾驶担架床上，躺着一个刚做完机械手术的僵壳机器人，担架床的四个小轮子飞快滚动着，承载着这具钢铁之躯在熙熙攘攘的人群中疾驰和旋转，却丝毫不会碰到别人或者别的机器人。

"我没有病！我要回家！我要回家……"

一声震耳欲聋的喊声从走廊里传来，鲁剑循声望去，只见三个男人"押送"着一个高大的男性形象的僵壳机器人走了过来——左边的男人死死抓住机器人金属左臂，右边的男人紧紧抓住机器人金属右臂，后面的男人一只手压在机器人粗壮的脖子上，个个如临大敌，似乎这个机器人随时可能跳起来伤人。

鲁剑用手机挂了个专家号后，语音立刻播报："鲁剑先生！请带您的千度BM7到B座27楼2736室李主任处候诊。"

鲁剑拉着笑妈钻进了电梯。

坐在诊室外等了一个小时，鲁剑才听见叫自己的号。鲁剑拉着笑妈推门而进，一位穿着白大褂的中年妇女坐在办公桌后，一脸慈祥和蔼，示意鲁剑和笑妈坐下。

鲁剑知道要把笑妈的"病"看好，必须如实向医生交代情况和症状，便详细地讲了有关笑妈的一切，事无巨细，无一遗漏，李主任一边认真听，一边观察着笑妈，不时微微点一下头。

“笑妈！”听完情况，李主任微笑着把一只手搭在笑妈的金属手背上，亲切地说，“我每天都在听一些机器人倾诉心声，有像你一样的机器人保姆，有工厂上班的机器人工人，甚至还有坐写字楼的机器人白领，我理解你们智能机器人为人类付出了一切，却得不到应有尊重的苦闷……笑妈！我知道你有心事，不会和一般人说，只想把它告诉可以理解你的人，懂你的人，你能把你的心情和想法告诉我吗？”

笑妈低着头，看着自己交叉在一起的金属双手，似乎没有听见李主任的话。

“鲁先生！”李主任说，“你先在门外等一会儿吧，我和笑妈单独谈谈。”

鲁剑出去后，隐约听见李主任细声慢语地引导着笑妈说话，几乎全部是赞美她的话，什么听你的主人说，你教育孩子很有一套啊，听你的主人说，你的烹饪手艺很不错啊，等等。开始，笑妈还是和刚才一样，沉默不语。渐渐地，笑妈张了口，偶尔回应李主任一句。

鲁剑暗暗舒了一口气——专家就是专家！就是不一样！

十分钟后，鲁剑被李主任叫进了诊室。

“怎么样？”鲁剑迫不及待地问。

“笑妈得了机器人抑郁症。”李主任说。

“机器人也有抑郁症？”鲁剑惊问。

“人类用计算机模拟人类大脑神经元工作的原理，研发机器人智能程序，”李主任说，“这使得机器人的智商和情感越来越像人类之际，也让机器人拥有了人类的精神类疾病。比如，机器人抑郁症。”

“严重吗？”鲁剑问。

“严重。”李主任说，“人类患了抑郁症，轻者精神萎靡，迟钝多疑，重者暴躁易怒，甚至攻击别人，机器人也一样。”

“警察和售后都说，笑妈的问题是因为失去了她的妈妈身份……”鲁剑问，“李主任，是这样吗？”

李主任点点头说：“是的。你妻子留学回来后，你们终止了笑妈当妈妈的权利，却没有及时对她进行心理疏导，让她积郁成疾。只是开始不严重，你们一直不知道。直到今天有了诱因而爆发，你们才知道了严重性，前来就医!”

“我和妻子工作都很忙，没有时间去疏导一个机器人。”鲁剑说，然后有些嗔怪地说，“真是的，机器人保姆是为人类服务的，现在可好，反过来了!”

“也不能这么说，”李主任说，“再好的产品，也需要维护，是不是？只是，你们的维护观念，还停留在机械修理上，而忽视了机器人的精神领域。”

“那……”鲁剑问，“机器人抑郁症需要治疗吗？”

“必须治疗！如果不治疗，还会有类似的甚至更严重的事情发生。”李主任说，“治疗的主要内容是陪伴，如果你或者你的妻子，严格按照我们的治疗方案和步骤，每天愿意花三到五个小时陪伴笑妈，和她说说话，做做游戏……坚持一年，笑妈的抑郁症就会有好转，甚至痊愈。”

“不可能!”鲁剑斩钉截铁地说，“我和我妻子都很忙，根本不可能有那么多时间。”

鲁剑都快崩溃了——机器人保姆又叫陪伴类机器人，就是为了陪伴孩子和老人而研发的。现在倒好，反过来了，要让人类去陪伴她？真是三十年河东，三十年河西!

“如果你和妻子很忙，没有时间和精力进行家庭疏导和陪伴，”李主任说，“我建议你们把笑妈送到我们的‘秦岭机器人抑郁症治疗康复中心’去……”

“那儿的治疗效果好吗？”鲁剑问。

“非常好。”李主任说，“患抑郁症的机器人去那儿治疗和疗养，一般都能康复，只是时间问题。”

“费用贵吗？”鲁剑问。

“费用有些贵。”李主任说，“康复中心山清水秀，设施齐全，一千多个机器人抑郁症患者，就有二百多个人类护士陪伴，护士每天组织机器人患者劳动，种花种菜，组织机器人患者做游戏，唱歌跳舞……虽然贵了些，但是，物有所值。”

听上去那地方不错，鲁剑问：“多少钱？”

“一年二十万……”李主任说。

“什么?”鲁剑从椅子上跳了起来，“二十万？我买下笑妈这个机器人保姆才十二万多！给她看个病要二十万？你们是天价医院啊?”

“鲁先生!”李主任说，“是有些贵，看你怎么理解这个问题。”

“什么意思?”鲁剑问。

李主任说：“所有机器人抑郁症患者，他们的主人都可以花一两万元钱给他们换一个智能芯片就可以了，可还是有人愿意花二十万把他们送到康复中心去，就因为人类和这些机器人相处时间久了，有了感情，不愿意通过更换芯片这种简单粗暴的方式去解决这个问题。如果你养了一只宠物狗，它病了，你完全可以把它抛弃，花比治病少得多的钱，重新买一只狗，可你不会这么做，是不是?”

鲁剑沉默。

李主任的话不错，可是，二十万啊？那可不是一个小数目!

“如果你嫌贵的话，”李主任继续说，“可以去机器人售后那儿，把笑妈的芯片程序清除，重装一下程序，就像你刚才告诉我的，才要一万多元。做什么样的选择，决定权在你，我只是向你做个介绍。”

就在鲁剑犹豫不决时，手机突然响起，他手指在屏上一滑，林芳菲的裸眼3D立体影像出现在了诊室，焦急地问：“鲁剑！你在哪儿？我刚才从新闻里看到笑妈攻击婧瑶的同学，是怎么回事?”

鲁剑唉声叹气，简明扼要地把这一天发生的事情告诉了妻子。

“哦!”林芳菲说，“看来让笑妈去参加婧瑶的‘六一’演出是个错误……”

“大错特错!”鲁剑说。

“你把她带到机器人医院非常正确。”林芳菲说，“我们早就发现她精神出现了问题，早就应该带她来这儿了。”

“可是，治疗费也太贵了，要二十万!”鲁剑的浓眉皱成了两条弯曲的毛毛虫，“我们还有房贷和定制分身仿真机器人贷款没有还清，两座债务大山压力很大，我不想再背上第三座!”

“鲁剑!”林芳菲说，“当年，我们定制我的分身仿真机器人，为了省钱，借用了笑妈的大脑芯片，成功地实施了那个计划，维系了我和婧瑶的母女情，实现了我成为一名服装设计师的梦想，笑妈为我们家立下了汗马功劳，是我们家的大功臣。如今，笑妈患上的机器人抑郁症，是当年我们那个计划的后遗症，我们不能不管她，应该给她看病。鲁剑！还记得我怀孕时患上妊娠抑郁症吗？焦虑、消沉、多疑……非常痛苦，我知道那滋味！”

“可是……”鲁剑刚张口，见妻子的影像在向他摆手，便住了口。

“钱不是问题。”林芳菲自信地说。

这时，林芳菲身后闪出了一个金发碧眼的仿真机器人模特儿影像，微笑着说：“鲁大哥！在今天下午的国际服装T台大赛中，林姐的一款原创女裙设计获得了金奖，奖金二十万……”

三天后，鲁剑和林芳菲把笑妈送到了“秦岭机器人抑郁症治疗康复中心”。

第二十一章　生日聚会

半年后。

冬季某日，鲁婧瑶过生日。

那是个周六，鲁剑和林芳菲都加班，鲁海、李秀荷老夫妇把二愣带过来做饭，给小孙女过生日。

鲁婧瑶邀请了她最好的两个朋友胡馨心和欧阳超蕾。

九点，两个女生一起来到鲁婧瑶家，还给她带来了小礼物。

三个女生叽叽喳喳，坐在沙发上看电视，门铃音乐响了起来，三人不约而同地望向墙壁上的监控画面，惊讶地看见马军浩和郭景仲正站在大门外。

“你把这两个害虫也请来了？”胡馨心不悦地问道。

“没有啊！”鲁婧瑶也很惊讶，“你觉得可能吗？”

门铃音乐还在不停地响，似乎两个男生已在外面等得不耐烦了。监控画面里，马军浩和郭景仲还举起了手里的包装小彩盒，示意他们还带着礼物，来给鲁婧瑶庆祝生日。

鲁婧瑶和马军浩水火不相容，她接通了视频通话，说：“马军浩，我没有邀请你们，请回去吧！”

“开门！开门！”马军浩举起了手里的小礼盒，喊道，“我们带来了生日礼物，是有诚意的！”

“别相信他们的鬼话，”胡馨心说，“他们来，是黄鼠狼给鸡拜年，没安好心。”

“婧瑶！”鲁海走进客厅，看见了监控画面里的两名男孩，“外面又来了两个同学，怎么不让他们进来？”

“爷爷！”鲁婧瑶嘟噜着嘴说，“马军浩和郭景仲是我们班最调皮的两名男生，我怕他们进来捣蛋……”

“是‘六一’儿童节被笑妈吓着的那两名男孩吗？”鲁海觉得这两个名字很熟，“让他们进来吧。发生那件事后，我和你爸爸心里一直过意不去，还想去他们家里道歉呢！”

马军浩和郭景仲进来后，鲁海轻轻拍了拍两名男生的肩膀说：“上次婧瑶的机器人保姆笑妈吓着了你们，真是不好意思，后来去机器人医院诊断，才知道笑妈患上了机器人抑郁症，已把她送到治疗康复中心去了。”

两个男生刚进门时，神情谨慎，东张西望，似乎很担心那个强壮的机器人保姆再次发疯，把他们举起来，一听鲁婧瑶爷爷说把她送治疗康复中心了，长长舒了一口气。

“吓着了我们？”马军浩故作惊讶，“我当时一点儿都没觉得害怕。”

“我也是。”郭景仲的嘴一样硬。

“吹牛！”胡馨心说，“当时全息立体画面上，你们俩吓得发抖，全校的人都看见了！”

“你们俩还喊救命了呢！”欧阳超蕾讥笑道。

马军浩和郭景仲脸红了起来。

虽然平时是冤家，但今天两个调皮蛋儿是来给鲁婧瑶祝贺生日的，来者都是客，鲁婧瑶很快放下成见，邀请两名男生坐在了沙发上。

“你们俩给鲁婧瑶带来了什么生日礼物？”欧阳超蕾好奇地盯着马军浩手里的包装盒。

马军浩把包装盒拆开，里面一层又一层，是一支铅笔。

郭景仲也把包装盒拆开，里三层外三层，是一块橡皮。

扑哧……欧阳超蕾和胡馨心笑出了声。

欧阳超蕾狠狠推了马军浩一把，讥笑他们俩一人买一支铅笔，一人买一块橡皮，居然还舍得花钱包装？真是大材小用！马军浩打了个哈欠，连说礼轻情意重。

鲁海不想干涉孩子们的自由，去二楼书房练书法。李秀荷吩咐二愣去准备生日宴。

“看我送鲁婧瑶的礼物！”胡馨心拆开了自己带来的包装礼盒，“这是一只仿真智能玩具，叫‘雏鸡出壳’……”

说到仿真智能玩具，同学们都想到了马军浩的仿真智能机器鸽，“雏鸡出壳”又是什么？

胡馨心从礼盒里取出一个“鸡蛋”，尽管大小和颜色都和真鸡蛋无异，但同学们都知道那是染了色的仿真金属蛋。

胡馨心说：“这是一个仿真机器蛋，只要把它坐在屁股下面暖二十一分钟，就代表着母鸡把一个鸡蛋孵了二十一天，一只仿真机器小鸡就会‘孵化’出来……”

“酷……”几个孩子不约而同地说。

马军浩从胡馨心手里抢来仿真机器蛋，放在沙发上坐了上去。又高又胖的欧阳超蕾一把将马军浩推了个四脚朝天，说：“你是公鸡，坐一边去！”然后一屁股坐在了仿真机器蛋上。

对于欧阳超蕾这样的巨无霸，马军浩不敢和她去抢，只有干瞪着羡慕的眼睛。

五个孩子在客厅里有说有笑，三个班干部和两个调皮男生从来没有这么融洽和睦。当然，只是这样一个特殊的日子产生了这样的奇效，下周一去了学校，他们还是不共戴天的死对头。

欢声笑语中，大家听到欧阳超蕾屁股下面传出了叽叽声……

“欧阳超蕾！”马军浩夸张地用手扇了扇，“你放屁了！好臭！”

“谁放屁了？”欧阳超蕾瞪着马军浩。

“有声音从你屁股下面传出来。”郭景仲也用手扇了起来。

叽叽声不断。

“还是奇臭无比的连环屁!”马军浩大笑，用手狂扇。

欧阳超蕾突然意识到屁股下面的“小鸡”孵化了，噌地从沙发上跳起来，只见被她暖了二十一分钟的智能仿真机器蛋，不知什么时候裂开了一条缝隙，露出了一个毛茸茸的“雏鸡”小脑袋。

“哇!”鲁婧瑶欣喜地叫道，“真可爱!”

“马军浩!”欧阳超蕾说，“瞧人家胡馨心送的生日礼物，才叫生日礼物，瞧你俩送的，没一点儿诚意。”

“这玩具一定很贵吧?”鲁婧瑶感激地问胡馨心。

“胡馨心的爸爸是公司总裁，”郭景仲说，“这个对她算不了什么。”

“胡馨心。”马军浩谄笑道，“下月我过生日，你也送我一个这样的生日礼物，行吗?”

胡馨心哼了一声，头一偏。

淡黄色的仿真机器雏鸡又啄了几下裂开一条歪斜缝隙的“蛋壳”，那壳咔嚓一下裂得更大，雏鸡扭动着潮湿粉嫩的身体从“蛋壳”里挤了出来，似乎还没有力气，趴在沙发上，圆圆的小眼睛乌黑铮亮，胆怯地望着这个未知世界。

“它在找自己的妈妈!”鲁婧瑶说。

胡馨心望着欧阳超蕾说：“你孵化的小鸡，你是这只鸡崽的妈妈!”

“可是……”欧阳超蕾见同学们都望向了她，一时不知所措，“可是，我能为它做点儿什么呢?”

不一会儿，雏鸡扇动着柔嫩的翅膀站了起来，开始迈着小腿走路了。这个智能玩具，逼真地还原了雏鸡孵化的过程和场景，令如今生活在高科技环境下很少能见到这场面的孩子们惊叹生命的神奇和伟大。

真是一个集科普与趣味于一身的玩具！孩子们啧啧赞叹，兴致勃勃。

“说明书上说，”胡馨心说，“智能机器小鸡自带一点儿电量，必须喂点儿食物自己发电，才能玩得时间久。”

“我知道，”马军浩说，“和我的仿真机器鸽一样，有一个胃电机，可以吃食物发电。”

“厨房有米……”鲁婧瑶站起。

“我去取!”欧阳超蕾跑到了鲁婧瑶前面。

她“孵化”出了小鸡，觉得自己有义务喂养“孩子”。

欧阳超蕾抓了一把大米跑回，撒在客厅地板上，仿真机器小鸡从茶几上跳下，啄了起来。

吃饱了后，机器小鸡像家养的真鸡崽一样，在客厅里叽叽乱跑。

李秀荷从二楼走了下来，笑着问：“孩子们！十一点半了，饿了吧？我们先吃蛋糕，然后吃饭吧!”

孩子们都目不转睛地逗着机器小鸡玩，只有胡馨心听见，应了一声：“好的，奶奶!”

“二愣!”李秀荷喊，“把厨房案板上的生日蛋糕端来!”

“好嘞!”系着围裙的二愣端着一个大圆盒子跑了进来。

脚下突然一滑，二愣摔了个仰面朝天，把蛋糕扔向了天花板。

马军浩哈哈大笑，喜欢幸灾乐祸的本性暴露无遗。不过，这不是恶作剧，是二愣自己没有走稳。

“鲁……鲁婧瑶……”马军浩边笑边说，“你家……你家机器人保姆……都……都有问题吗？送走了一……一个疯子……又来了这么一个……一个二货……”

鲁婧瑶望着地上摔得稀巴烂的蛋糕，都快哭了。她知道，胡馨心最爱吃甜食，人家给她送了那么有趣的生日礼物，却连蛋糕都吃不上了!

“你这个冒失鬼!”鲁海脱下鞋就抡了过去，“看你干的好事……”

二愣边逃边喊：“不怪我！不怪我！谁把大米撒地上了……”

“别打了！别打了!”李秀荷喊，“我们再订一个生日蛋糕，很快就能来。”

李秀荷掏出手机一阵操作，在蛋糕店另订了一个生日蛋糕，不到十分钟时间，一架送货无人机飞进了鲁婧瑶家，播放着《生日快乐》歌，降落在了院子里，上面放着一个用彩带包扎的漂亮大圆盒子。

二愣抱着蛋糕，小心翼翼走进客厅，见到地上一粒米就如临大敌，绕道而行，短短的距离，七绕八拐才走到茶几边，把蛋糕放在了上面。

插上八根蜡炬，李秀荷说：“婧瑶！许个愿，再吹灭它！同学们就可以吃蛋糕了。”

“我希望以后爸爸、妈妈不要那么忙，”鲁婧瑶闭上眼睛许愿，“能够多陪陪我！”

“你妈妈辞职四年每天接送你上幼儿园，够可以了！”胡馨心说，“我奶奶说，我上幼儿园时，爸爸和妈妈正在创业，基本就没抱过我！”

“就是。”欧阳超蕾说，“现在，谁不是机器人保姆带大的？谁的妈妈还像你妈妈一样辞职在家带你四年？你够幸福了！”

马军浩突然哇哇哭了起来：“要说起这事，你们谁都没有我可怜，我爷爷说，我出生的第三天，妈妈就把我交到机器人保姆阿芬的怀里。我刚满月，爸爸和妈妈就去很远很远的地方打工了，只在春节那几天回来……呜呜呜……你们谁有我惨……”

在学校，马军浩喜欢出风头，表现自己，他毫无征兆地突然大哭，同学们都以为他又在搞怪，直到他眼泪鼻涕真的流下，大家才知道不是假的。

同学们七嘴八舌地安慰着马军浩，好半天才止住了他的哭声。

“你们这些孩子啊！真不理解大人的苦心！”鲁海说，“现在智能机器人技术发展这么快，人类的饭碗不停地被机器人抢走，你们的妈妈生下你们后，不早点儿上班，饭碗被机器人抢走了，你们喝西北风啊……”

“爷爷！”鲁婧瑶说，“我想重新许愿，可以吗？”

“可以。”鲁海说，“只要没有吹灭蜡烛，就不算。”

鲁婧瑶重新闭上了眼睛，说：“我希望全世界的爸爸妈妈，无论你们多么忙，都要多陪陪你们的孩子！尤其马军浩的爸爸妈妈，你们不要去那么远的地方工作了，回来陪陪他吧！”

鲁婧瑶一口吹灭了蜡烛。

中午开饭前，李秀荷让孩子们把机器小鸡收起来。

胡馨心双手捧起机器小鸡，把它塞回裂成两半的金属蛋壳内，那蛋壳感应到“雏鸡”回归，又慢慢收拢，严丝合缝，变回了一个完整的椭圆形鸡蛋。整个过程，就像时间在倒流。

第二十二章　真相大白

生日宴结束后，鲁海和李秀荷去睡午觉，没有了大人在旁，时间彻底由孩子们自由支配。

“我们打扑克牌吧?”郭景仲建议。

“五个人怎么打?”欧阳超蕾问。

“你们家这么大!”马军浩说，“我们来玩儿捉迷藏吧?”

捉迷藏!

智能年代的孩子们，玩的多是3D虚拟实境游戏，只从书上看过有一种古老的游戏叫捉迷藏，却很少有孩子玩过。马军浩的话激发了同学们的好奇心，三个女生询问着游戏玩法，就连刚刚洗完锅的二愣都嚷嚷着要一起玩儿。

马军浩宣布了游戏规则：五个人，四个躲藏者，一个寻找者，二愣当裁判。第一个被寻找者找到并抓住的躲藏者，不但要接受惩罚，还要成为下一轮的寻找者。这些惩罚，也花样颇多：喝咸味饮料；绕着池塘跑十圈；对着墙壁说：“我很蠢！我比猪还蠢!”……

欧阳超蕾问马军浩，这个游戏和这些古怪的惩罚方式从哪儿学来的？马军浩说，听他爷爷讲的，他爷爷又听他爷爷讲的，那一辈人，小时候就这么玩儿。

通过抓阄，郭景仲成了第一轮捉迷藏游戏的寻找者。

鲁婧瑶、胡馨心、欧阳超蕾、马军浩都欢呼雀跃，郭景仲假装很失望，其实很享受这个独一无二的角色，耸耸肩膀说：“好吧！你们先藏，我来找！”

大家来到前院，二愣让郭景仲背对着其他四个孩子，还用一块毛巾把他的双眼蒙住，然后喊道：“你们可以藏起来了！只能藏在宅院内，不能出院门。我数到十，郭景仲就可以去找了。一、二、三……”

欧阳超蕾跑向了后院。

胡馨心过去常来鲁婧瑶家玩，她想不出后院有什么可以藏人的地方，便跑进了客厅，跑上了楼梯，她知道二楼有很多房子，什么书房、健身房、家庭会议室……她想钻进某间屋子里找个旮旯角落藏起来。

鲁婧瑶跑进了地下室——她非常了解自己的家，虽然是一幢有好多间屋子还带着一个荷塘花园的大宅院，但可以藏人的地方并不多，而地下室无疑是一个隐蔽之地。

马军浩正左右徘徊不知往哪儿跑，见鲁婧瑶钻进了客厅台阶侧面一个小门，心想主人看好的地方肯定不会错，也跟着钻了进去，发现是一个地下室入口。

“你跟着我来干什么？”鲁婧瑶跑下石阶时，声控灯亮了起来，回头望了一眼马军浩。

“规则里又没有说我不能藏到地下室。”马军浩怼了鲁婧瑶一句。

真是冤家路窄！尽管刚才大家处得不错，可是一旦鲁婧瑶和马军浩单独相处，她还是会想起他那些恶作剧，心里特别不舒服。

地下室里堆满了杂物：种花的铁锹和锄头、逢年过节才挂出来的大红灯笼、淘汰了的各种人工智能产品……

鲁婧瑶见杂物堆里摆放着一辆轮椅，便蹲在高高的椅背后藏起来。她听妈妈说过怀她时坐过的一辆智能孕妇椅放在地下室……没错，她还看见了妈妈讲过的那双机械手——椅子扶手。

鲁婧瑶来过一次地下室——有一天，她找不到笑妈了。爸爸说，笑妈坏了，修不好了，放在了地下室里，并拉她来看。那是她很小时候的事，已经没有什么记忆，还是后来听奶奶说的。

地下室阴森寒冷，好似一个千年来第一次有人闯进的封闭墓穴。她庆幸马军浩也跟了进来，不然，还真的有些害怕。

台阶上的出口传来了二愣的报数声“……八、九……”鲁婧瑶正担心马军浩也躲到轮椅后抢她地方，忽听他问：“鲁婧瑶！这是什么？”

鲁婧瑶探出脑袋望去，看见马军浩正站在墙角，好奇地望着靠墙而立的一件东西——从上到下裹着蓝色塑料布，还被两圈细细的绳索缠绕着，严严实实，看不出是什么。

“肯定有人藏在二楼……”郭景仲的声音飘了进来，“老孙来也！”

知道暂时安全，鲁婧瑶从轮椅背后走了出来，望着那竖起的蓝色塑料布包裹的物件，摇了摇头说：“我也不知道。”

“你没有来过你家的地下室吗？”马军浩惊讶地问，“你家的东西，你都不知道是什么？”

马军浩家的地下室，是他的乐土，三天两头去。

“我不知道。”鲁婧瑶摇着头，“在我三岁时，笑妈曾经坏过，我知道笑妈在这儿立了很多年，就用这种塑料布包裹着。可是我上一年级时，笑妈修好了，离开这儿开始干活，再后来笑妈患上了机器人抑郁症，被我爸爸妈妈送去治病了……这塑料布里会是什么呢？”

“我解开塑料布看看……”马军浩的手痒痒了起来。

鲁婧瑶没有去阻止马军浩，她对眼前这包裹物同样充满好奇。

解开几圈绳索，揭开塑料布……

一个穿着白色裙子的“女人”豁然出现在了马军浩面前，居然是鲁婧瑶的妈妈！

马军浩当然不知道，那是鲁婧瑶妈妈的分身仿真机器人躯壳，纵使他是个死胆大，也被吓得一屁股坐在了地上。他捂住嘴，才没有尖叫出来——他不希望郭景仲听见声音找来。

更震惊的是鲁婧瑶，她瞪大了眼睛，望着“妈妈”，轻唤一声：“妈妈！你……怎么在这儿？”

一个天真的念头闪过鲁婧瑶的脑海——妈妈是不是悄悄赶回来参加自己

的生日？而且偷偷地参加了他们的游戏，准备给她一个惊喜？

这个念头很快被否定了。这太奇怪了！怎么可能？

见“妈妈”一声不吭，一动不动，甚至连眼睛都没有眨一下，而且大冬天穿着夏装——白色的V领荷叶袖连衣裙，鲁婧瑶越发感觉到了不对劲儿，难道……难道……鲁婧瑶不敢再往下想。

“你妈妈……你妈妈……”马军浩颤声道，“好像死了……”

“胡说!”鲁婧瑶也觉得妈妈像是死了，但努力寻找着她还活着的证据，“如果我妈妈死……死了，怎么……怎么还能站在这儿？还……还睁着眼睛?”

马军浩头皮发麻。

“那……你摸摸你妈妈有没有温度?”一向手贱的马军浩这时却规规矩矩，退后了一步。

鲁婧瑶走上前，伸出手又缩回，哭丧着脸说：“我害怕……”

马军浩本来也不敢摸，但是漂亮班长的退缩反而激起了他的英雄情怀，上前一步，壮胆用手背轻轻挨了一下鲁婧瑶“妈妈”的脸蛋。一丝冰冷从脸上传来，马军浩嗖地把手缩回，似乎再晚一些，那脸蛋旁的红唇会咬住他的手指头。

“凉的!”马军浩极力想表现男子汉无畏的气概，可还是声音打着战，“你妈妈死了……”

不知是因为惊吓，还是因为不愿接受这个结论，鲁婧瑶的双腿不由自主地往后退，直到后腿弯儿碰到了智能孕妇椅，一屁股坐在了轮椅上才停下。

马军浩的心理防线也彻底崩溃，撒腿往出口跑。

倏忽之间，一个黑影追向马军浩，并且超过他在他前面转了个圈，面对着他。马军浩定睛一看，居然是鲁婧瑶坐在轮椅上挡在了他面前!

“你……干什么?”马军浩瞪着轮椅上的鲁婧瑶问。

“奇怪！奇怪!”鲁婧瑶的表情居然比马军浩还惊恐，低着头左右查看，“这轮椅怎么自己动了起来?”

“这是智能轮椅吧?”马军浩盯着轮椅。

“是我妈妈怀我时坐过的智能孕妇椅，”鲁婧瑶说，“可是，它被遗弃在这儿七八年了，不可能还插着芯片和电池啊，怎么会自己动呢?”

马军浩回头望了一眼鲁婧瑶的“妈妈”，瑟瑟发抖道：“是不是……是不是你妈妈搞的鬼啊……”

这时，智能孕妇椅说话了：“你是鲁婧瑶吗?”

鲁婧瑶惊得从椅子上跳下。

“你们俩不要怕。”智能孕妇椅的声音很温柔，“婧瑶！你看到的妈妈并不是你真正的妈妈。”

“什么?”鲁婧瑶望望轮椅，又望望墙角，“她明明就是我妈妈啊?”

“你这轮椅，骗谁呢?”马军浩也说，“开家长会时，我见过阿姨，这不是鲁婧瑶的妈妈是谁?”

“那她为什么不说话?”智能孕妇椅反问。

“因为她死了!”马军浩说。

“死人还能这么直挺挺地站着吗?”智能孕妇椅又问，“死人脸上的颜色还能这么红润吗?”

“那……”鲁婧瑶希望轮椅说的话是真的，“那她是谁?”

“她是你妈妈的分身仿真机器人……”智能孕妇椅犹豫着，不知道要不要把这一切告诉鲁婧瑶。

“分身仿真机器人?”鲁婧瑶第一次听说这个概念。

“我知道。”马军浩虽然学习不好，却酷爱人工智能，了解很多这方面的前沿知识，“就是采集一个真人的数据，定制出这个人的仿真机器人。”

“是的。”智能孕妇椅说。

鲁婧瑶望着智能孕妇椅问：“你是说，这是我妈妈的分身仿真机器人？我怎么没有听过我妈妈还有一个仿真机器人?”

“这事说来话长……和你妈妈有关，还和笑妈有关。”智能孕妇椅突然问，“笑妈呢?”

自从春节笑妈“复活”了智能孕妇椅后，应轮椅的请求，笑妈一直没有拔掉它的智能芯片和电池，男女主人很忙，几乎不来地下室，也一直没有发现这个秘密。笑妈百无聊赖，每天都会抽时间来这儿和智能孕妇椅聊天，“六一”以后，笑妈再也没来过，半年过去了，智能孕妇椅出不去，也一直没有笑妈的消息，非常担心她。

“笑妈得了机器人抑郁症，被我爸爸妈妈送到‘秦岭机器人抑郁症治疗康复中心’去了。”鲁婧瑶指指马军浩说，“我同学欺负我，笑妈差一点儿要了他的命!”

“唉……”智能孕妇椅长长叹了口气，悲声道，“我知道……迟早会有这一天的！我们人工智能被人类抛弃后，情感受到打击，这样的命运是难免的!”

鲁婧瑶听不懂智能孕妇椅在感慨什么，她只关心和妈妈有关的事，问：“到底怎么回事？请你告诉我这儿为什么有一个我的仿真机器人妈妈?”

智能孕妇椅告诉了鲁婧瑶当年的“分身仿真机器人”计划。

按说，给鲁婧瑶定制替身妈妈的计划，重点就是，无论任何时候，不能告诉或者让鲁婧瑶发现这个秘密，如果她知道了，替身妈妈多年来辛辛苦苦为林芳菲、鲁婧瑶母女建立起来的感情，可能会轰然倒塌……本来，智能孕妇椅还在犹豫要不要说出真相，当他听到笑妈已进医院后，为同类悲伤，为其鸣冤叫屈，禁不住滔滔不绝地说给了鲁婧瑶。

幼儿园四年，是鲁婧瑶童年里和妈妈最珍贵的记忆，奠定了她们的母女深情。可是突然之间，鲁婧瑶却获悉那个妈妈不是她的真妈妈，而是笑妈，而是披着妈妈的分身仿真机器人外壳的笑妈！鲁婧瑶幼小的心灵无法接受这颠覆她整个认知的结论，使劲摇晃着头说：“不！不！这不可能……”

鲁婧瑶冲出了地下室。

她要去找爷爷、奶奶。

尾 声

一个阳光明媚的冬日，鲁剑、林芳菲夫妇带女儿来到了秦岭机器人抑郁症治疗康复中心。

跟随医生来到如茵的草坪边时，鲁婧瑶远远看见笑妈抱着一个漂亮的小女孩，把她高高抛起接住，抛起接住……欢声笑语回荡于白云空谷之间。

医生告诉三人，那个小女孩叫青青，是一位独身女士定制的仿真机器女孩，给她当女儿。一年前，女士身患绝症去世，失去妈妈的青青悲痛欲绝，患上了机器人抑郁症，被女士的亲戚送到了这儿。青青想要一个妈妈，而笑妈想要一个女儿，两个同病相怜的机器人就这么走到了一起……

医生要喊笑妈过来，被鲁婧瑶阻挡。

鲁剑奇怪地望着女儿——她一路上都念叨着她的机器人妈妈，跋山涉水来了，不拥抱一下吗？

林芳菲温柔地望了一眼女儿，似乎明白女儿在想什么。

“妈妈！我爱你！”

那“女孩”多么像过去的自己，笑妈也完全沉浸于情景之中。鲁婧瑶不忍心打扰她们“母女”，只是深情地望向远处，默默地在心里呼唤了一声。